H. ✓

Mitra Devi
DER TEUFELSANGLER

Mitra Devi

DER TEUFELS-
ANGLER

Mörderische Geschichten

Appenzeller Verlag

1. Auflage, 2014

© Appenzeller Verlag, CH-9101 Herisau
Alle Rechte der Verbreitung,
auch durch Film, Radio und Fernsehen,
fotomechanische Wiedergabe,
Tonträger, elektronische Datenträger und
auszugsweisen Nachdruck sind vorbehalten.

Umschlaggestaltung: Silvana Hügli
Umschlagbild: Dante Fenolio (Keystone)
Gesetzt in Janson Text und gedruckt auf
90 g/m² FSC Mix Munken Premium Cream 1.75
Satz und Druck: Appenzeller Druckerei, Herisau
Bindung: Schumacher AG, Schmitten
ISBN: 978-3-85882-684-8

www.appenzellerverlag.ch

Inhalt

Killer

Mein Name ist Killer, und ich bin auch einer.

Das ist kein Witz. Es gibt unzählige Nachnamen, die gleichzeitig Berufe bezeichnen. Bauer, Müller, Gärtner, Zimmermann, um nur einige zu nennen. Gar nicht so selten kommt es vor, dass jemand nach einem Beruf benannt ist und ihn auch ausführt. So wie ich.

Zum Glück haben meine Eltern mich Konrad getauft und mir nicht den Vornamen Profi gegeben. Das wäre dann doch zu auffällig gewesen. Auffälligkeiten sind in meiner Branche das reinste Gift. Übrigens eine meiner bevorzugten Methoden – Gift. Nebst Ertränken, Erdrosseln, Erwürgen und den Klassikern Kugel-in-den-Kopf, Kissen-aufs-Gesicht, Föhn-in-die-Wanne. Oder der rustikalen Jenseitsbeförderung: dem Schubs ins Güllenloch. Letzteres konnte ich in meiner Laufbahn bereits einmal bei einem Hochschulprofessor anwenden, und ich muss sagen, sein Strampeln in der stinkenden Jauche mitzuerleben, war nicht ohne. Meiner Meinung nach die unangenehmste Todesart. Ein paar Minuten habe ich mir damals ernsthaft Gedanken über meinen eigenen Tod gemacht. Bis das Blubbern verebbte und wieder Stille herrschte im wüsten Loch. Doch eigentlich sind mir solche Grübeleien fremd. Ich habe keinen Grund zur Sorge. Laut Statistik erreichen die meisten Auftragskiller ein hohes Alter und sterben erstaunlich oft in einem gemütlichen Schaukelstuhl, eine Pfeife mit aromatischem Tabak im Mund, ein Glas Rotwein und ein angefangenes Schachspiel neben sich.

Ich gehe zuverlässig und diskret vor. Ich habe über zehn Jahre Berufserfahrung und einen durchtrainierten Körper. Sixpack ist untertrieben, Twelvepack trifft es eher. Ich bin mit einem einnehmenden Lächeln ausgestattet, wie man mir immer wieder versichert. Ein Dutzend Tote gehen auf mein Konto. Jeder einzelne von ihnen war auf irgendeine Weise ein Kotzbrocken. Das jedenfalls behauptet mein Chef. Ich glaube ihm. So zu arbeiten, ist angenehmer, als mir auszumalen, welch liebenswürdige Personen ich um die Ecke bringe. Aber im Grunde ist es mir egal, Auftrag ist Auftrag. Ich stelle keine Fragen. So habe ich es immer gehalten.

Bis heute.

Wer sich an unsere Firma wendet und genügend Geld hinblättert, kann sich eines verhassten Menschen (firmenintern Reisegast genannt) entledigen. Der Chef kennt weder meinen Namen, noch hat er andere persönliche Informationen über mich, das gehört zum Konzept. Ich habe ihn noch nie gesehen, keiner von uns kennt ihn. Sein Büro ist am Ende des Gangs, die Tür stets verschlossen. Einige von uns munkeln, es gebe ihn gar nicht, der Raum sei leer und wir kommunizierten mit einer Maschine.

Normalerweise bekomme ich den Auftrag einige Tage vor dem Stichdatum, mit gewünschter Sterbedestination, optimaler Mordmethode und Foto des Todgeweihten.

Heute lag ein schwarzer Briefumschlag in meiner Box. Es ist immer ein schwarzer Briefumschlag. Ich las den Inhalt. Auf der Karte stand: «Reisegast: Konrad Killer. Sterbeort nach Wahl, Tötungsart nach Gutdünken.» Dann folgten meine Adresse und mein Geburtsdatum.

Ein Foto von mir, auf dem ich dümmlich in die Kamera grinse, war an die Karte geheftet. Jemand hatte mich auf mich selbst angesetzt. Das war nicht wirklich lustig.

Meine Arbeit gut und verlässlich auszuführen, wie ich es immer tat, schien nicht empfehlenswert. Den Auftraggeber ausfindig zu machen und ihn zu überzeugen, seine Bestellung zurückzuziehen, hatte ebenfalls keinen Sinn. Der Betrag war bereits überwiesen worden. Ohne Rückgaberecht. Davonlaufen ging nicht, die Firma findet einen überall.

Was sollte ich tun? Wir sind hier geschult, psychologische Feinheiten wahrzunehmen. Deshalb war das Wichtigste, dass ich mein Pokerface bewahrte.

Beiläufig steckte ich also den Briefumschlag in meine Hosentasche, schloss die Box und schlenderte zur Kaffeemaschine im Aufenthaltsraum. Ein paar Kollegen sassen an den Bistrotischchen, über ihre Akten gebeugt. Fred nickte mir zu, als er mich sah, und Samira, die neben ihm sass, schaute mich kurz an. Ich konnte ihren Blick nicht deuten, hatte es noch nie gekonnt. Manchmal meinte ich, nichts als Verachtung und Stolz wahrzunehmen. Dann wieder war ich sicher, dass sie für mich etwas übrig hatte, es aber nicht zeigte. Sie sah umwerfend aus. Typ Wildkatze. Schwarze Haare, die in grossen Locken auf ihre Schultern fielen, karamellfarbener Teint, den ihr die persische Mutter und der senegalesische Vater weitergegeben hatten, wie mir Fred einmal sagte, und tiefschwarze Augen, in denen niemals Zweifel und Zögern lagen, sondern jederzeit Entschlossenheit.

Sie war unsere Beste. Das mussten wir uns neidlos eingestehen. Sie hatte doppelt so viele Leute erledigt, wie wir alle zusammen, darunter einen ultrakonservativen Politiker, einen Olympiasieger und eine im texanischen Todestrakt auf ihre Hinrichtung wartende Mehrfachmörderin; irgendwer hatte der Gefangenen die Giftspritze missgönnt und stattdessen Samira angeheuert, das Sterben Stunden dauern zu lassen.

Ich erwiderte Samiras Blick, peilte die Kaffeemaschine an und liess mir einen Espresso heraus. Ich trank ihn in einem Zug. Das Gebräu schmeckte scheusslich, verfehlte aber nicht seine Wirkung. Es macht einen hellwach und missmutig – gute Voraussetzungen für unseren Job. Ich schmiss den Becher in den Papierkorb, murmelte eine undeutliche Verabschiedung und verliess den Raum. Ich muss zugeben, dass mein Herz einen Tick schneller schlug als sonst. Ob wegen Samira oder aufgrund meines neuen Status als kommender Reisegast, weiss ich nicht.

Okay. Als Erstes in Ruhe nachdenken. Aber nicht hier.

Ich verliess das Büro und ging um den Häuserblock. Es regnete in Strömen. Ich schlug den Kragen hoch, eilte unter den Schirmen der Leute hindurch und betrat kurz darauf die «Panda»-Bar. Der hinterste Tisch neben den Toiletten war noch frei. Wie immer roch es penetrant nach Zitronenreiniger, der den Uringeruch übertünchen sollte, stattdessen aber eine hundsgemein stechende Mischung ergab. Ich schüttelte die Regentropfen von meinem Mantel, hängte ihn über die Stuhllehne und nahm Platz. Die vorderen Tische waren von Männern mittleren Alters besetzt, die Bier tranken und sich anschwiegen. Eine einzige Frau sass beim Fenster, las einen dicken Schmöker und kaute an ihren Fingernägeln herum.

Aus dem Lautsprecher über mir jammerte Bill Withers «Ain't no sunshine».

Nun, damit hatte er nicht ganz unrecht.

Ich konnte mir nicht erklären, wer es auf mich abgesehen hatte. Doch ein Irrtum war ausgeschlossen. Fehler passieren in unserer Firma nicht. Selbstmitleid durfte ich mir nicht erlauben, geschweige denn Sorge oder Angst. Ich musste einen kühlen Kopf bewahren und das Richtige tun.

«Only darkness every day …», sang Bill Withers, und ich stimmte ihm zu, obwohl ich normalerweise ein optimistischer Mensch bin.

Rita, die «Panda»-Wirtin, an die hundertfünfzig Kilo schwer, mit schwarz-weiss gefärbter Frisur (um dem Namen ihres Lokals gerecht zu werden), kam mit breitem Lächeln auf mich zu geächzt. «Das Übliche, schöner Mann?» Rita war über achtzig und schäkerte mit mir, seit ich das erste Mal ihre Spelunke betreten hatte.

«Das Übliche, meine Süsse», gab ich zurück.

«Wieder viel los heute? Böse Jungs fassen, für Recht und Ordnung sorgen, Herr Kommissar?»

Irgendwann hatte Rita beschlossen, ich sei Polizist. Vermutlich, weil ich tagsüber keinen Alkohol trank. Ich liess sie in dem Glauben. Sie wälzte sich zum Tresen, kehrte mit einem Glas Milch zurück und stellte es vor mich hin. Ein Teil der Flüssigkeit schwappte über und bildete einen weissen Kreis um das Glas. Sie wischte die Lache mit ihrer Schürze weg, lächelte mich nochmals an, murmelte etwas, das nach «armer, schöner Kommissar, immer so viel Arbeit» klang, dann verschwand sie in der Küche.

«Ain't no sunshine when she's gone. And this house just ain't no home ...»

Ich trank meine Milch, erstellte innerlich einen Schlachtplan, wie ich meine Ermordung verhindern würde, wobei ich mir die berühmtesten Schach-Eröffnungen zum Vorbild nahm. Das Wichtigste war, den König zu schützen – mich. Dann Springer, Türme und Bauern strategisch gut zu plazieren, eventuell eine Rochade in Betracht zu ziehen, abzuwägen, vorauszudenken, zu kämpfen. Ich war gerade dabei, den finalen Einsatz der Dame zu planen, als sie hereinkam – die Dame.

Samira.

Schwarze Locken, feucht vom Regen, Karamellteint, Wildkatzenblick. Weil so was in all den Jahren, seit ich diese Kneipe frequentierte, noch nie vorgekommen war, hatte ich meine Gesichtsmuskeln für einen Moment nicht unter Kontrolle. Meine linke Augenbraue hob sich einen Nanometer, was Samira nicht entging. Noch schlimmer: Der Körperteil unter meiner Gürtellinie reagierte. Was bedeutete, dass ich nicht mehr richtig denken konnte, wie wohl jeder nachfühlen kann. Samira lächelte hintergründig, als sie auf mich zukam.

«Konrad Killer», sagte sie mit ihrer tiefen Stimme, während sie sich mit der Selbstverständlichkeit der geborenen Gewinnerin neben mich setzte, «ich werde dir helfen.»

Mit einem Fingerschnippen gab sie Rita, die um die Ecke lugte, zu verstehen, sie nehme das Gleiche wie ich. Die biervernebelten Stammgäste tauchten kurz aus ihrem Delirium auf, starrten auf Samira, die hier so fehl am Platz wirkte wie ein Diamant im Scheisshaus, und setzten zum Sabbern an. Als sie sich sattgesehen hatten, widmeten sie sich wieder der Erhöhung ihrer Promille. Rita brachte Samiras Bestellung, nicht ohne einen argwöhnischen Blick auf sie zu werfen.

Samira wartete, bis die Wirtin ausser Hörweite war, dann kam sie gleich zur Sache: «Wenn du es nicht tust, setzt der Boss einen anderen auf dich an.»

«Ich weiss», antwortete ich.

«Er wird den Besten wählen.»

«Ich weiss.»

«Mich.»

Ich trank einen Schluck Milch, die plötzlich schal schmeckte. «Ich weiss.»

«I know, I know, I know ...», krächzte die Stimme aus dem Lautsprecher, was die Sache nicht besser machte.

Samira schaute mir so forschend in die Augen, dass ich den Blick abwenden musste. Dann wiederholte sie: «Ich werde dir helfen.»

«Wie willst du das anstellen?»

«Du wirst pseudosterben.» Sie legte ein paar Münzen auf den Tisch und forderte mich auf, mit ihr zu gehen, jetzt gleich, dann hätten wir die besten Chancen. Ich grabschte nach meinem Mantel, und wir steuerten dem Ausgang zu. Rita schaute uns nach, und ich schwöre, ich sah ein eifersüchtiges Aufblitzen in ihren Augen. Ihr Kommissar hatte eine andere. Ein herber Schlag für Miss Panda.

Samira lotste mich durch den Regen zu ihrem roten Mustang.

«Steig ein.» Sie setzte sich hinters Lenkrad, und wir brausten davon.

«Wohin fahren wir?», wollte ich wissen.

«An deinen Todesort.»

«Okay.» Sie hörte sich an, als wüsste sie, was sie tat.

Wir passierten bei Dunkelorange ein paar Kreuzungen, dann nahmen wir die Nordverbindung entlang der hässlichen Neubauten und hatten zehn Minuten später die Innenstadt hinter uns gelassen. Es regnete kräftiger, der Mustang produzierte wadenhohe Fontänen, als er über die Landstrassen kurvte. Wir fuhren durch den Wald, den ich gut kenne, hatte ich doch zwei meiner Reisegäste hier auf ihrem letzten Weg begleitet. Die Wolken hingen dicht und tief, es begann einzudunkeln. Als wir weit abseits jeglicher Dörfer bei einem verlotterten Bahnübergang hielten, verkündete Samira: «Hier sind wir.»

Ich wartete auf weitere Informationen, doch sie schaute auf ihre Uhr, dann auf die rot-weisse Barriere vor uns und sagte nur: «In dreieinhalb Minuten kommt der Zug. Zieh dich aus.»

«Wie bitte?»

«Wir haben keine Zeit für lange Erklärungen. Vertrau mir, Killer. Leg deine Kleider ab.»

Es gibt Momente, da fragt man nicht lange nach, da tut man, was getan werden muss. Das war so ein Moment. Im Rekordtempo riss ich mir den Mantel vom Leib, dann Socken, Hemd und Hose.

«Alles», sagte sie.

Ich starrte sie an.

«Keine falsche Scham. Eine zweite Chance kriegst du nicht.»

Ich verkniff mir etwelche Einwände und entledigte mich auch noch meines Shirts und meiner Unterhose.

Splitterfasernackt sass ich neben Samira, in deren Gesicht kein Muskel zuckte, und spürte, wie mein Puls sich beschleunigte. Sicherheitshalber legte ich meine Hände auf mein bestes Stück. Ich muss zugeben, dass mein Denkapparat etwas beeinträchtigt war. Meinen Tod zu verhindern, war ja gut und recht, doch deshalb brauchte ich mir noch lange keine Blösse zu geben.

«Noch zweieinhalb Minuten», sagte sie. «Steig aus.»

Ich schob jeglichen Gedanken an die Absurdität der Situation von mir, stürzte aus dem Auto und wurde sogleich von einem Regenguss überschüttet. Samira öffnete die Fahrertür, eilte um den Mustang herum und klappte den Kofferraum auf.

Ich sah die Leiche darin.

Ein Mann, bleich, verkrümmt, von ähnlicher Statur wie ich. Nackt. Gesichtslos. Ein sauberer Schnitt hatte das Haupt des Mannes abgetrennt. Der Hals lag offen und ausgeblutet da.

«Wo ist sein Kopf?», fragte ich.

«Das willst du nicht wissen. Er war mein heutiger Reisegast. Erwünschte Todesart: restloses Verschwinden mit garantierter Unauffindbarkeit. Nun erledigen wir zwei Fliegen auf einen Schlag.» Sie sah hastig auf die Uhr. «Noch zwei Minuten. Zieh ihm deine Kleider an!»

«Aber ...»

«Frag nicht, Killer, tu's einfach.»

Langsam kapierte ich. Wie genial! Wie unglaublich clever! Ich hatte immer gewusst, dass Samira die Beste von uns war, nun war ich vollkommen überzeugt.

So schnell es ging, zog ich dem Leichnam meine Klamotten und Schuhe an, zerrte ihn mit Samiras Hilfe aus dem Kofferraum und steckte ihm, nun, da ich wusste, was sie vorhatte, meinen Personalausweis, meinen Wohnungsschlüssel und mein Handy in die Hosentaschen. Er würde Konrad Killer werden. Vom Zug erfasst, Kopf verloren, viel zu früh verstorben, der Arme. Ich grinste vor mich hin.

«Eine halbe Minute noch», drängte Samira.

Wir schleiften die Leiche zum Bahnübergang, ich noch immer splitternackt, aber bei diesem Hundewetter in der Dämmerung brauchte ich mir wegen ungebetener Zuschauer keine Sorgen zu machen. Von weitem hörte ich den herannahenden Zug. Wir legten den Mann auf die Schienen. Dann zurück zum Auto, einsteigen, Rückwärtsgang einlegen, abhauen. Samira wendete den Mustang und fuhr im Affentempo den gleichen Weg zurück, den wir gekommen waren. Ich warf einen Blick in den Rückspiegel. Hinter uns raste der Zug durch.

Nach ein paar Minuten bog Samira in einen Schotterpfad ein. Die Regentropfen prasselten auf die Frontscheibe, die Scheinwerfer beleuchteten den schmalen Weg, der durch ein Feld führte.

«Du musst verschwinden, Killer, das ist dir klar», meinte sie.

«Vollkommen klar», gab ich zurück. «Danke, Samira, danke. Ich weiss gar nicht, wie ich dir jemals …»

«Schon gut. Du hättest das Gleiche für mich getan.» Ein winziges Lächeln huschte über ihr Gesicht. Eins, das mein Herz erwärmt hätte. Wenn ich eins gehabt hätte. Doch hier irrte sie. So gut sie mir auch gefiel – niemals hätte ich mein Leben für sie aufs Spiel gesetzt. In unserem Job ist jeder sich selbst der Nächste. Weder Mitleid, noch Erbarmen, noch Liebe hatten Platz bei unserer Tätigkeit. Ich wunderte mich, dass Samira ausgerechnet diesen Punkt überging, doch ich hütete mich, etwas zu sagen. Ich war damit beschäftigt, meine Körperreaktionen im Zaum zu halten. Ihr Gesicht und ihre Haare waren feucht, die Bluse klebte an ihrer Haut, ein Wassertropfen perlte über ihre Lippen.

Mein Gott, was für eine Frau! Es brauchte ja nicht Liebe zu sein, Begehren reichte völlig. Vielleicht könnten wir zusammen untertauchen. Irgendwo neu anfangen. Wir würden eine harmlose Arbeit finden. Mit all der Kohle, die wir in den letzten Jahren angehäuft hatten, könnten wir uns ein Haus am Strand kaufen. Wir würden Champagner zum Frühstück trinken, hätten Sex am Vormittag, am Nachmittag und Abend und würden am Ende sogar eine Schar kleine Killerchen auf die Welt stellen.

«Du schmunzelst», sagte sie, während sie eine Anhöhe hinauffuhr. «Woran denkst du?»

«An meine Zukunft.»

«Das ist gut.»

«An unsere Zukunft.»

Sie schaute mich an, löste ihre rechte Hand vom Lenkrad und legte sie mir auf die Schulter. Nur einen Augenblick, doch der reichte, dass heisse Wellen mich überrollten.

Sie ergriff wieder das Steuer, drosselte die Geschwindigkeit und hielt vor einem kleinen verlassenen Bauerngut.

«Wo sind wir?», wollte ich wissen.

«In Sicherheit.» Sie schaltete die Scheinwerfer aus und hielt an. «Ich habe alles vorbereitet. Komm. Hier kannst du duschen und frische Kleider anziehen. Ich werde uns etwas Warmes kochen. Und dann überlegen wir uns, wie es weitergeht.»

Uns. Sie hatte «uns» gesagt. Irgendwie fühlte es sich lebendig in meiner Brust an. Vielleicht hatte ich ja doch ein Herz. Vielleicht konnte ich sogar lieben. Ungeahnte Möglichkeiten eröffneten sich mir.

Wir stiegen aus und tappten im Dunkeln auf das Haus zu. Sie schien sich auszukennen, nahm mich bei der Hand, führte mich. Meine Füsse versanken im nassen Gras. Einmal stolperte ich über einen Stein, Samira fing mich auf. Plötzlich schien es das Natürlichste zu sein, nackt und nass durch die Nacht zu wandeln.

«Hier lang, mein Killer.» Sie lachte perlend. Ich hörte ihren Atem. Nahm ihren Duft wahr. Moschus. Wild, ungezähmt, vielversprechend. Ihr Haar streifte mein Gesicht. Ich öffnete meine Lippen, suchte die ihren, spürte ihre Erregung, ihr Feuer, das so stark war wie meines. Die Dunkelheit umgab uns wie ein schützender Mantel. Der Regen strömte auf uns nieder. Sie berührte mich, hielt meinen Arm, griff zu.

Eine Alarmglocke schrillte in meinem Innern. Etwas stimmte nicht. Plötzlich wusste ich das.

Ich dachte an den gesichtslosen Toten auf den Schienen mit meinen Kleidern und meinen Ausweisen. Er würde gefunden werden und im Autopsiesaal landen. Sein Körper könnte meiner sein. Doch seine DNS war nicht meine. Wie konnte ich das übersehen?

«Samira», murmelte ich, «bist du sicher, dass du alles richtig ...»

«Schschsch, mein Killer.» Samira hielt mich noch immer am Arm.

Presst sich an mich. Drückt mich. Stösst mich.

Ich falle.

Verliere den Boden unter den Füssen. Schreie auf. Meine Hände greifen ins Leere. Was geschieht hier? Plötzlich weiss ich: Es riecht nicht nach Moschus. Es riecht nach Gülle. Ich stürze, fühle die Kälte unter mir, die Tiefe. Wo ist Samira?

Ich klatsche in die stockfinstere Jauchegrube. Versinke. Tauche wieder auf. Huste, keuche, schlage um mich.

«Samira!», pruste ich. «Was tust du?» Meine Worte klingen hohl im tiefen Loch. Mir wird schwindlig.

«Ich erledige zwei Fliegen auf einen Schlag», höre ich ihre Stimme von weit oben. «Sie hätten mich sowieso auf dich angesetzt. Du weisst ja, ich bin …»

Den Rest höre ich nicht mehr. Ja, ich weiss: Sie ist die Beste. Ich habe den Kopf verloren, buchstäblich. Wie der arme Tote auf den Schienen.

Die stinkende Brühe dringt in meine Ohren, meine Nase, meinen Mund. Mein Körper wird schwer, ich sinke, strample ein letztes Mal, dann lasse ich los.

Mein Name war Killer. Und ich war auch einer. Dies war mein letzter Auftrag.

Die Lügnerin

Elvira war eine begnadete Lügnerin. Schwindeln, flunkern und aus dem Stegreif originelle Ausreden erfinden waren praktische und kreative Gaben, die ihr in die Wiege gelegt worden waren. Sie ermöglichten ihr, Dinge zu tun, die ihr sonst versagt geblieben wären, frischten ihr Selbstbild auf und liessen sie insgesamt interessanter wirken. Die Wahrheit war doch häufig so eintönig. Mit etwas Phantasie liessen sich öde Tätigkeiten ausschmücken und fade Lebensgeschichten aufpeppen. Inzwischen hatte sie es im «Frisieren der Realität», wie sie es liebevoll nannte, zur Meisterschaft gebracht. Kein Spaziergang, der nicht zu einem atemberaubenden Trekking wurde. Kein Ausflug, auf dem sie nicht ein vierblättriges Kleeblatt fand, eine berühmte Persönlichkeit traf oder jemanden vor dem Ertrinken rettete. In Gesprächen dichtete sie sich spannende Hobbies wie Fallschirmspringen, Tiefseetauchen und Klippenklettern an, machte sich drei Jahre jünger und fünf Kilo leichter.

Einer der Gründe für ihre Leidenschaft, die Wirklichkeit zu ihren Gunsten umzugestalten, war Babette. Babette war eine Arbeitskollegin, die Elvira auf den Tod nicht ausstehen konnte. Das beruhte auf Gegenseitigkeit. Babette war klein, dünn und ungemein spiessig. Sie war stets als Erste da und ging als Letzte, so, als existiere in ihrem Leben nichts anderes als die Arbeit. Elvira hatte sich vorgenommen, es Babette zu zeigen. Wenn diese in der Nähe war und mithörte, bekamen Elviras Lügenmärchen literarische Qualitäten.

Vor einer Weile hatte Elvira eine behinderte Schwester erfunden und von ihrem Arbeitskollegen Emilio viel Mitgefühl geerntet. Zu erwähnen ist, dass Emilio ihr ausserordentlich gefiel. Leider beachtete er sie nicht genug. Irgendwann hegte sie gar den Verdacht, er glaube ihr die erfundenen Abenteuer nicht so recht. Deshalb fügte sie nach einer besonders blumigen Erzählung, in der ein Dutzend bis auf die Zähne bewaffneter Triebtäter nach ihrem Leben trachteten, leidend hinzu, sie wisse ja schliesslich nicht, wie lange es noch dauere bei ihr.

«Was hast du denn?», fragte Emilio besorgt.

«Meine Krankheit», antwortete Elvira mit tränenerstickter Stimme, «nähert sich dem Endstadium.»

Er starrte sie schockiert an, und sie liess sich von ihm widerwillig die tödliche Diagnose aus der Nase ziehen. Am Ende des Tages landete sie mit ihm im Bett. Selbstverständlich hatte sie kein ansteckendes Leiden erfunden. Bloss eines, das einen Mann ermunterte, sie nochmals so richtig zu verführen, bevor es zu spät wäre.

Das war im Sommer gewesen, als Zürich von einer Hitzewelle überrollt worden war, die Elviras Hormone zusätzlich in Wallung gebracht hatte. Der Ehrlichkeit halber – was dieses Thema betraf, war sie erbarmungslos ehrlich mit sich – musste sie sich eingestehen, dass Emilio sich nicht als der tolle Liebhaber entpuppt hatte, den sie in ihm vermutet hatte.

Nun war es Herbst, die Bäume hatten sich verfärbt, die Bauarbeiten vor ihrem Büro beim Stauffacher waren endlich beendet, und Emilio war nach Basel versetzt worden. Ein Neuer übernahm seine Aufgaben. Und dieser, das war Elvira sofort klar, war ein Prachtstück von

einem Mann. Gross, athletisch, mit dunklem Dreitage-
bart.

Er kam und bezog gleich neben Elviras Schreibtisch seinen Arbeitsplatz, füllte die Schubladen und stellte ein Bild
in einem silbernen Rahmen vor den Computer. Elvira befürchtete, das Schlimmste darauf zu entdecken: eine rassige Rothaarige, die aufreizend in die Kamera schaute. Eine
abgründige Brünette. Oder eine liebliche Blondine. Womöglich umrahmt von einer Schar wohlgeratener Kinder.

Unauffällig trat sie einen Schritt näher, warf einen Blick
auf das Bild und atmete erleichtert auf. Die abgelichtete
Schöne war weder rot, noch braun, noch blond, sondern
dunkel. Es war eine schwarze Labradorhündin, die ein
Halsband mit einer Plakette trug: «Chica». In Elviras Herz
regte sich ein Keim der Hoffnung. Chicas Bild aufzustellen
statt dasjenige einer Melanie oder Vanessa, sagte wohl alles.
Der Neue war Single. Und er wollte, dass man es wusste.

Er bemerkte ihre Neugierde, kam auf sie zu und reichte ihr die Hand. «Ich bin Philipp. Es freut mich, Sie …
dich? … kennenzulernen.»

«Mich», sagte sie schnell. «Ich meine, nicht Sie. Also
… du.» Sie lief rot an.

Er lachte.

Sie nahm seine Hand, die sich warm anfühlte. «Ich
wollte sagen, ich heisse Elvira.» Gott, wie peinlich. Was
dachte er nur von ihr?

Philipp sah ihr offen in die Augen. «Freut mich, Elvira. Ich hoffe, wir werden gut zusammenarbeiten.»

«Das hoffe ich auch», gab sie zurück. «Obwohl in einem Callcenter von ‹zusammenarbeiten› keine Rede sein
kann.» Sie deutete mit einer ausladenden Geste auf das

Grossraumbüro, in dem, abgetrennt in halbhohen Kabäuschen, mehrere Dutzend Leute sassen, von denen nur die Köpfe zu sehen waren. Zu hören war ein Stimmengewirr von unzähligen Telefongesprächen.

«Da hast du wohl recht», sagte er. «Aber vielleicht gemeinsam mal einen Kaffee trinken? Wie wär's mit morgen nach Feierabend?»

«Das wäre schön. Allerdings ...» Sie spürte den Drang, eine klitzekleine Lüge anzubringen, um sein Interesse anzukurbeln: «Ausgerechnet morgen geht es mir nicht. Da bin ich zu einem Casting eingeladen.»

Sie bemerkte, wie Babette, die etwas weiter vorn sass, ungläubig die Augen verdrehte.

«Ein Casting?», fragte Philipp. «Tatsächlich? Furs Fernsehen?»

«Kino», sagte Elvira so laut, dass Babette es mitkriegen musste. «Aber es ist nur eine kleine Rolle. In Marc Forsters neuem Film.»

«Forster? Du meinst den Marc Forster? Mister James-Bond-Forster?» Seine Stimmlage hatte sich einen Tick erhöht. Elvira nahm es mit Entzücken wahr.

«Ach», sie winkte ab, «ich hab das schon ein paarmal gemacht. Es ist immer das Gleiche. In erster Linie ist es ein ewiges Warten. Auf den Kameramann. Auf die Regieanweisungen. Auf die Klappe.» Das hatte sie irgendwo gelesen. Es hörte sich sehr echt an.

Philipp nickte bewundernd. «Dann drück ich dir die Daumen, dass du die Rolle kriegst. Wie wär's mit übermorgen?»

Elvira überlegte sich eine Steigerung der bereits verheissungsvollen Ausgangslage, aber ihre Schlagfertigkeit liess sie für einmal im Stich, darum erwiderte sie nur: «Gern.»

Das war der einzige Wortwechsel mit Philipp an diesem Morgen. Seine neuen Aufgaben wurden ihm zugeteilt, er hörte zu, machte sich Notizen, dann nahm er seine ersten Anrufe entgegen und führte Buch über die Termine. Elvira beobachtete ihn ab und zu aus dem Augenwinkel. Er lernte schnell. Andererseits war die Arbeit auch keine grosse Sache.

Das Callcenter «Dental Urgent» war zuständig für zahnärztliche Notfälle in der Stadt. Die meisten Anrufer klagten über Schmerzen, über herausgefallene Füllungen oder entzündete Weisheitszähne und brauchten unverzüglich einen Termin. Die «Callies», wie die Mitarbeitenden von «Dental Urgent» sich selbst nannten, hatten Zugriff auf die Datenbanken der Zürcher Zahnarztpraxen, die sich zu einem Verband zusammengeschlossen hatten und einen Teil ihrer Termine extern verwalten liessen. Elvira hatte, seit sie hier arbeitete, schon alles erlebt. Besorgte Mütter, deren Zwillinge gleichzeitig zahnten. Geschäftsleute, die zwischen zwei Meetings eine Vollsanierung ihres Gebisses forderten. Alte Frauen, die erzählten, sie hätten statt Zähne nur noch schwarze Stummel im Mund, da sie wegen ihrer Phobie seit Jahren nicht mehr beim Zahnarzt gewesen seien.

Elvira hörte gerade mit halbem Ohr, wie Philipp eine Anruferin, die an einem eitrigen Backenzahn litt, zu Doktor Thaler überwies, als ihre Linie blinkte. Sie setzte das Headset auf.

«Dental Urgent, Elvira Stettler, wie kann ich Ihnen helfen?»

Eine verzweifelte Stimme ertönte: «Ich weiss nicht mehr weiter.»

«Sind Sie Neukunde bei uns?»

«Ja.»

Elvira öffnete die Computerdatei für Neuanmeldungen. «Bitte schildern Sie mir Ihr Problem.»

«Meine Freundin macht Schluss mit mir.»

«Äh … Sie sind hier verbunden mit der zahnärztlichen – »

«Ich weiss, ich weiss! Sie will mich nicht mehr, weil ich schräge Zähne habe. Ich muss unbedingt etwas tun.»

«Ist es ein Notfall?»

«Natürlich! Das hab ich Ihnen doch gerade erklärt. Meine Freundin lässt mich sitzen, wenn ich meine obere Zahnreihe nicht richten lasse!»

«Ich meine, ist es ein medizinischer Notfall?»

«Ich tu mir was an, wenn sie mich verlässt – dann ist es ein medizinischer Notfall, verdammt nochmal!»

Elvira seufzte. So was hatte sie schon x-mal erlebt. Die Leute glaubten, wenn sie besonders schwerwiegende Umstände geltend machten, bekämen sie einen Termin am gleichen Morgen. Sie versuchte, den Mann zu beschwichtigen, und verschaffte ihm in zwei Tagen eine Abklärungsstunde bei Doktor Mühleberger, was ihr Gesprächspartner mit den Worten «wenn ich dann noch lebe» quittierte.

Weitere Anrufe folgten. Ein Besoffener beschwerte sich, er sei mit idiotischer Musik zehn Minuten in der Warteschlaufe hängengeblieben, inzwischen sei sein Zahn von selbst ausgefallen, eine Serbin wollte auf keinen Fall zu einem albanischen Zahnarzt, und zwei gackernde Teenies verlangten ein Gebiss wie Paris Hilton.

Kurz vor zwölf war Elvira erschöpft. Sie warf einen Blick zu Philipp hinüber, der in ein Gespräch vertieft war, während er mit der Maus von Tabellenspalte zu Tabellenspalte klickte. Sie setzte ihr Headset ab und begab sich in die Mittagspause.

Philipp kam ihr nachgeeilt. «Zum Italiener oder zum Griechen?»

«Kebab», sagte Elvira und nahm befriedigt wahr, wie Babette ihnen eifersüchtig hinterherschaute.

Auf dem Weg zu «Ali's Paradise» plauderten sie etwas, und Elvira erfuhr, dass Philipp aus einer reichen Adelsfamilie stammte. Aus Bescheidenheit habe er jedoch das «von» in seinem Namen abgelegt. Sie war beeindruckt und konterte mit russischen Vorfahren, die bis zu Katharina der Grossen reichten.

Der Herbstwind fuhr Elvira durch die Haare, Blätter wirbelten auf, als sie mit Philipp die Tramschienen überquerte. Sie schnappten sich ihre Kebabs und setzten sich auf eine Bank vor der St. Jakob Kirche. Philipp erzählte von seinem Studium, das er abgebrochen habe, Elvira von ihrer Erstausbildung als Modedesignerin, die sie soeben erfunden hatte. Sie landeten beim Thema Familie, Religion und bei Philipps Labradorhündin.

«Es ist schön, so mit dir zu sprechen», sagte Philipp zwischen zwei Bissen. «Ich habe das Gefühl, dich schon ewig zu kennen.»

«Geht mir genauso.»

«Du bist so natürlich. So echt.»

Elvira lächelte.

«So normal.»

Elvira erstarrte.

«Versteh mich nicht falsch», beeilte sich Philipp zu sagen. «Ich meinte damit nichts Beleidigendes. Ich finde nur, andere mit ihrer Geltungssucht tischen einem irgendwelche Stories auf, aber du hast es nicht nötig, dich interessanter zu machen, als du bist.»

«Oh», sagte sie und konnte sich kaum zurückhalten, als sie das Wort «normal» nachwirken liess. «Auch bei mir ist nicht alles, wie es scheint.»

«Wie meinst du das?»

«Nun, mein Leben mag auf den ersten Blick banal wirken, doch in meiner Vergangenheit ... ach, lassen wir das, es ist zu schmerzhaft für mich.»

«Tut mir leid, ich wollte nichts aufwühlen.»

Elvira zerknüllte das fettige Kebab-Papier und warf es in den Abfalleimer. «Und ausserdem darf ich nicht darüber sprechen.»

«Verstehe», sagte er und verstand offensichtlich gar nichts.

«Es handelt sich um eine Sache der höchsten Geheimhaltungsstufe.»

«Ach?»

«Nun, dir kann ich es ja erzählen, du bist sicher verschwiegen.»

«Das brauchst du nicht, Elvira, wirklich, es ist völlig in Ordnung, wenn du –»

«Da du darauf bestehst», fuhr Elvira fort, «werde ich dir sagen, worum es geht. Aber du musst mir versprechen, es niemandem weiterzuerzählen.»

«Abgemacht», sagte er.

«Schwöre.»

Philipp lächelte etwas irritiert, dann sagte er: «Ich schwöre.»

«Also gut.» Elvira schaute sich kurz um, entdeckte aber nur Tauben, die nach Speiseresten im Gras pickten, und dämpfte ihre Stimme: «Ich bin im Zeugenschutzprogramm.»

«Was?»

«Du weisst doch, was das ist?»

«Natürlich.»

«Ich musste Familie, Freunde und meinen Heimatort verlassen, einen anderen Namen annehmen und ganz neu beginnen.»

«Du hast gegen einen Kriminellen ausgesagt?»

«Was heisst hier gegen einen Kriminellen! Es war der damalige Mafiaboss Don Em…» Um ein Haar hätte sie «Emilio» gesagt, da es der einzige italienische Name war, der ihr auf Anhieb in den Sinn kam.

«Gegen welchen Don hast du ausgesagt?» Er wirkte etwas fahl im Gesicht.

«Das darf ich leider nicht mitteilen.»

Philipp nickte sichtlich bewegt.

Elvira war stolz auf sich. Sie hatte den Neuen nicht nur beeindruckt, sondern richtiggehend schockiert. Sie spürte geradezu die Turbulenzen in seinem Innern. Gefahr und Sex, das waren zwei Dinge, die bei Männern hirntechnisch verknüpft waren, das hatte sie neulich im Fernsehen erfahren. Das konnte nur eins bedeuten: Der langweilige Emilio würde bald vergessen sein, sie hätte demnächst eine stürmische Affäre mit

Philipp, und die biedere Babette würde vor Neid erblassen.

Die Mittagspause verging im Flug. Elvira erledigte ihre Anrufe am Nachmittag besonders schwungvoll und schaute immer wieder zu Philipp hinüber, der etwas unkonzentriert wirkte. Mehrmals verliess er seinen Arbeitsplatz. Vielleicht hatte er eine schwache Blase. Das hätte ihr im Hinblick auf kommende Liebesnächte gerade noch gefehlt. Dann wieder tippte er kurze Nachrichten in sein Handy – hoffentlich wartete da nicht doch eine rassige Rothaarige irgendwo auf ihn, Labrador hin oder her – und einmal liess er das Kontaktlicht seiner Linie eine halbe Minute lang blinken, bevor er den Anruf entgegennahm, als wäre er tief in Gedanken versunken.

Elvira fühlte sich etwas schuldig. Vielleicht war sie zu weit gegangen. Bestimmt hatte der arme Philipp – schön, aber unbedarft, wie er war – noch nie etwas Aussergewöhnliches erlebt und war nun nach ihrem Geständnis überfordert. Sie würde das Ganze etwas abschwächen und ihr kommendes Casting als Filmstar mehr hervorheben.

Gegen drei Uhr hatte sie über vierzig Anrufende verbunden, vertröstet und mit Terminen versehen. Um vier bemerkte sie, wie Babette mit missmutigem Ausdruck zu ihr und dann zu Philipp herüberstarrte, und entschloss sich, die eifersüchtige Kuh zu ignorieren. Punkt fünf fuhr sie den Computer herunter, hängte das Headset an den Bügel und zog ihre Jacke an.

«Viel Glück beim Casting!», rief Philipp ihr nach, als sie das Büro verliess.

Babette stiess ein Schnauben aus.

Am nächsten Tag stürmte es heftig. Auf dem Weg zur Arbeit wurde Elviras Frisur zerzaust, und als sie während des Vormittags aus dem Fenster schaute, sah sie, wie Blätter und Papierfetzen durch die Luft wirbelten und der Wind die Tauben im Flug hin und her riss. Es wurde Mittag, es wurde Abend – der geplante gemeinsame Kaffee mit Philipp rückte näher.

Kurz vor fünf blinkte ihre Linie. Elvira nahm den Anruf entgegen. Es würde ihr letzter sein für heute. «Dental Urgent, Elvira Stettler, wie kann ich Ihnen helfen?»

«Tu's nicht.»

«Wie bitte? Mit wem spreche ich?»

«Triff dich heute nicht mit Philipp.» Erst jetzt merkte Elvira, dass es ein interner Anruf war.

«Babette? Bist du das? Was soll das?» Sie sah zu ihr hinüber.

«Ich hab dich gewarnt, Elvira.»

«Das geht dich überhaupt nichts an, mit wem ich mich treffe.»

«Es geht mich sehr wohl etwas an. Ich …» Plötzlich brach Babettes Stimme. Weinte sie etwa? Oder war sie wütend? Elvira konnte es nicht richtig einschätzen.

Da fuhr Babette fort: «Ich sollte eigentlich an deiner Stelle sein.»

«Ich glaube nicht, dass du sein Typ bist», gab Elvira kühl zurück.

«Du verstehst überhaupt nichts!» Babette zitterte, Elvira sah es ganz deutlich. Sie fand es lächerlich, dass sie beide – keine fünf Meter voneinander entfernt – miteinander telefonierten. Und dann noch über so was. «Ich leg jetzt auf.»

Babette nickte ergeben, schaute kurz zu ihr herüber, dann nahm sie ihr Headset vom Kopf, grabschte nach ihrem Mantel und verliess den Raum.

So was! Elvira schaute ihr hinterher und schüttelte den Kopf. Dass Babette so wenig Stolz besass, hätte sie nicht gedacht. Einsame Frauen verloren so schnell ihre Würde.

«Alles okay?», riss Philipp sie aus den Gedanken.

«Absolut okay», gab sie zurück. «Bin gleich so weit.»

Zuerst tranken sie im «Starbucks» um die Ecke einen Latte macchiato und plauderten über Elviras erfolgreiches gestriges Casting und allerlei andere spannende Dinge, wobei Elvira regen Gebrauch von ihrer besonderen Gabe machte. Philipp hing an ihren Lippen. Leider bis jetzt erst metaphorisch, aber das andere würde kommen, da war sie zuversichtlich. Es dämmerte langsam. Noch immer stürmte es draussen. Regen war bis jetzt noch keiner gefallen, aber der Wind fegte unentwegt Laub und Staub durch die Strassen. Als sich der Hunger bei ihnen meldete, wechselten sie in die Pizzeria «Molino» hinüber, bestellten «Gnocchi al burro e salvia» und einen edlen Wein und unterhielten sich bestens.

Nachdem sie fertig gespeist hatten, sagte Philipp: «Ich möchte dir etwas ganz Besonderes zeigen.»

Elvira schmunzelte neckisch. «Deine Briefmarkensammlung?»

Er lachte mit. «Das würde bei dir nicht ziehen! Wart ab. Ich denke, du wirst begeistert sein.»

Elvira war gespannt. Sie zahlten, verliessen das Restaurant und gingen durch den Sturm Richtung Kalkbreite. Auf der linken Seite war eine der unzähligen Baustellen Zürichs. Rot-weisse Absperrbalken versperrten den Durchgang zum Rohbau des mehrstöckigen Hauses. Das Trottoir vor dem Gebäude war aufgerissen, vermutlich wollte man gleichzeitig neue Leitungen verlegen oder das Glasfasernetz erweitern oder was auch immer. Elvira regte sich schon lange nicht mehr über die endlose Bauerei auf. Ein Plakat auf der noch unverputzten Betonmauer versprach günstige Wohnungen, helle Lofts und lichtdurchflutete Büros.

«Hier willst du mir was zeigen?», fragte sie erstaunt.

Er nickte. «Es wird dir gefallen. Man hat einen Ausblick von oben, wie man ihn sonst nie hat. Kleine Innenhöfe mit Blumen, Bänkchen und Brunnen.»

«Von oben? Aber … ist das nicht verboten?»

Er hob eine Augenbraue leicht spöttisch an. «Elvira, so kenn ich dich ja gar nicht! Wo bleibt deine Furchtlosigkeit?»

«Ich habe keine Angst», beeilte sie sich zu sagen. «Ich möchte nur nicht, dass wir Probleme kriegen.»

«Das werden wir nicht. Komm.» Er nahm sie bei der Hand, und sie schlüpften unter der Abschrankung durch. Sie stapften im Dunkeln übers Kies, umrundeten einen Container und kamen zur Hinterseite des Rohbaus. Aus der Ferne war das Quietschen eines Trams zu hören. Der Wind rüttelte an den Holzverkleidungen rings um das Haus, es wurde empfindlich kalt. Hoffentlich beginnt es nicht zu regnen, dachte Elvira. Sie war «not amused» bei der Vorstellung, auf irgendwelchen morschen Brettern eine Baustelle hinaufzuklettern, nur um Blumen und Bänkchen und Brunnen zu besichtigen, von denen es in der Stadt Hunderte an zugänglicheren Orten gab. Ausserdem litt sie unter Höhenangst, aber das konnte sie – nachdem sie vom Klippenklettern an Englands Südküste geschwärmt hatte – natürlich nicht erwähnen. Also hiess es wohl: Kopf runter und durch.

Philipp fand den Weg zur provisorischen Treppe, die aufs Baugerüst führte, und ging voraus. Elvira folgte ihm in den ersten Stock, dann in den zweiten und wagte nicht, nach unten zu schauen. Einmal meinte sie, einen Schatten wahrzunehmen, und dachte, jemand sei ihnen gefolgt, doch sicher hatte sie sich getäuscht. Sie kamen zum dritten Stock. Elvira schlich so nah wie möglich der Wand entlang hinter Philipp her, der sicheren Schrittes über die Bretter ging.

Es war stockdunkel, inzwischen mussten sie sich mit den Händen vorwärtstasten. Eine Kirchenglocke schlug neun Uhr. Daneben waren die Geräusche zu hören, die der Wind verursachte: Plastikplanen, die herumflatterten, Metallteile, die gegen die Verstrebungen schlugen, Ketten, die klimperten. Elvira wurde es ein bisschen unheimlich. Was, wenn sie einen Fehltritt machte? Oder wenn sie den Rückweg nicht mehr fänden?

Philipp drehte sich um, als hätte er ihr Unbehagen gespürt. «Alles in Ordnung mit dir?»

«Aber klar», sagte sie. «Für eine, die mit Schlittenhunden die Arktis durchquert hat, ist eine kleine nächtliche Tour ein Klacks.»

«Wusst ich's doch», grinste er. «Wir sind gleich da. Du wirst sehn, ich hab dir nicht zu viel versprochen.»

Nun wurde Elvira doch etwas neugierig. Vielleicht lohnte sich die ganze Sache. Schliesslich wollte sie vor Philipp auf keinen Fall als Feigling dastehen.

Ein Geräusch liess sie aufhorchen. Es hatte nach einem Schritt geklungen. Hinter ihr. Sie wandte sich um, doch sie sah nichts. Wahrscheinlich der Wind. Es rüttelte und schepperte überall um sie herum. Sie passierten den vierten Stock, dann den fünften. Philipp lotste sie auf dem schmalen Bretterboden der Fassade entlang. Zum Glück war es zu dunkel, um zu erkennen, wie tief es hinunterging. Sie stiegen noch eine letzte Treppe hoch, dann führte Philipp sie auf dem Dach zur anderen Seite hinüber.

«Na, was hab ich dir gesagt?»

Tatsächlich. Elvira lehnte sich vor und schaute zwischen den Häusern hindurch auf eine kleine Parkanlage, die sie dort nie vermutet hätte. Ein runder Springbrunnen, umrahmt von vier Holzbänken, war das Kernstück, ein paar Laternen verströmten im Gras ein warmes Licht. Hier oben tobte der Wind um ein Vielfaches stärker, doch auch unten im Innenhof blies er auf den Wasserstrahl des Brunnens und versprühte Tropfen in alle Richtungen.

«Herrlich», sagte sie. «Das wär ein Ort zum Leben.»

«Oder zum Sterben», gab Philipp zurück.

Irgendetwas in seiner Stimme liess sie aufhorchen.

Im gleichen Moment nahm sie wieder den Schatten wahr. Dort unten war jemand. Eindeutig. Kletterte die Treppe hoch. Eine Silhouette im Dunkeln. Vielleicht war die Person ihnen von Anfang an gefolgt, wer auch immer es sein mochte. Warum nur? Philipp schien nichts gesehen zu haben.

«Es tut mir leid, Elvira», sagte er und berührte ihren Arm.

«Was denn?»

«Ich mag dich wirklich gut. Aber ich muss es tun.»

«Ich verstehe nicht. Was ist denn los?»

«Dein Zeugenschutzprogramm …»

«Ach», lachte sie, «lassen wir das doch! Es ist schon lange her. Ich komm inzwischen klar damit.»

«Aber ich nicht.» Die Leuchtreklame von der anderen Strassenseite spiegelte sich in Philipps Augen. Die schattenhafte Gestalt kam näher. Was ging hier vor? Elvira stand mit dem Rücken zum Abgrund, Philipp einen Meter vor ihr, noch immer ihren Arm haltend.

Plötzlich ging alles sehr schnell. Philipp beugte sich vor und drängte sie gegen den Rand. Elvira schrie auf. «Was tust du da?» Sie versuchte, das Gleichgewicht zu halten, geriet in Panik, spürte die klaffende Tiefe unter sich.

«Du musst sterben, meine Liebe. Wie gesagt, es tut mir leid.»

«Hör auf, Philipp!»

Elvira wand sich, Philipp drückte sie Richtung Kante, da hechtete die schwarze Gestalt von hinten auf ihn zu, riss ihn von Elvira weg und schleuderte ihn zur Seite. Empört sprang er hoch, grabschte nach Elvira. Diese machte, dass sie so schnell wie möglich vom Gebäuderand wegkam, und starrte auf die Person, die ihr soeben das Leben gerettet hatte.

Es war Babette.

«Jetzt versteh ich gar nichts mehr», entfuhr es ihr.

«Du Idiotin mit deinen Lügenmärchen!», schrie Babette ihr zu.

Philipp versuchte erneut, Elvira in die Tiefe zu stossen, und brüllte wutentbrannt: «Keine von euch überlebt das, verlasst euch drauf!»

Er packte Babette. Diese konnte sich losreissen, Elvira griff ein, Philipp schrie auf. Babette zog ihn zum Rand, stolperte, fiel um ein Haar hinunter, warf sich im letzten Moment zur Seite. Philipp, von der Wucht ihres Sprungs aus dem Gleichgewicht gebracht, wedelte hilflos mit den Armen, wollte seinen Sturz zu verhindern. Elvira riss die Augen auf.

Babette stiess ihn in den Abgrund.

Philipp stürzte in die Tiefe, mit einem schauerlichen Laut, der nach ein paar Sekunden jäh abbrach.

Elvira eilte zum Rand, schaute hinunter, sah Philipp mit verdrehten Gliedern am Boden liegen, den Kopf auf dem Rand des Springbrunnens, der Tausende von Wassertröpfchen über ihn ergoss, während sich langsam eine Blutlache um seinen Körper bildete.

«Weg hier!», zischte Babette und zog Elvira zur Treppe.

«Was soll das? Was war das? Ich begreife gar nichts.»

«Dein lieber Philipp arbeitet für Don Emanuele.»

«Den berühmten Mafiaboss? Wieso weisst du das?»

«Ich bin diejenige, die den Don in den Knast gebracht hat. Er hat zwanzig Jahre gesessen, wurde kürzlich aus Altersgründen entlassen und schwor demjenigen, der ihn verraten hatte, tödliche Rache. Als du Philipp deine haarsträubende Story erzählt hast – »

«Du hast uns im Park belauscht?»

«Das ist nicht der springende Punkt, Elvira!» Babette stieg die Treppe hinunter, Elvira hinter ihr her. «Philipp war mir von Anfang an suspekt. Er hat alles für bare Münze genommen, was du ihm vorgeschwindelt hast.»

Elvira schwieg peinlich betroffen, während sie über das Brettergerüst stakste.

«Der Don hat ihn beauftragt, dich zum Schweigen zu bringen. Ich habe Philipps Telefongespräch mitgehört.»

«Dann bist du diejenige – »

«Ja, ich bin diejenige im Zeugenschutzprogramm.»

«Oh, Mist.»

«Kann man wohl sagen.»

Sie hatten die erste Etage erreicht. Nun sahen sie den toten Philipp von Nahem. Elvira spürte einen kleinen Stich des Bedauerns. Es hätte toll mit ihm werden können. Nun ja, vielleicht würde sie wieder mit Emilio Kontakt aufnehmen. Wenn sie die Wahl hatte, dann doch lieber einen Langweiler als einen Killer.

Babette starrte auf die Leiche, dann flüsterte sie eindringlich zu Elvira: «Wir waren niemals hier, wir haben nichts getan und nichts gesehn. Philipp ist von allein runtergefallen, kapiert?»

«Du meinst, ich darf nicht erzählen, wie es wirklich war?» Masslose Enttäuschung machte sich in Elvira breit.

«Genau das meine ich. Meine Tarnung darf nicht auffliegen.» Babettes Schal flatterte im Wind, die ersten Tropfen klatschten aufs Gerüst, schwer und voll. In Sekundenschnelle prasselte ein Sturzregen hernieder.

«Aber …», meinte Elvira.

Sie kletterten die letzten Stufen hinunter, krochen unter der Absperrung hindurch und liefen zur Tramhaltestelle, wo gerade ein 3er-Tram hielt.

«Nichts aber. Kein Wort zu niemandem. Das heisst …» Die Tramtür öffnete sich. Babettes feuchtes Gesicht nahm einen verächtlichen Ausdruck an. «Was mache ich mir eigentlich für Sorgen? Erzähl doch allen, was du willst! Einer notorischen Lügnerin wie dir glaubt sowieso keiner.»

Das befürchtete Elvira auch.

Babette stieg ein, das Tram fuhr in strömendem Regen davon.

Elvira blieb stehen, bis sie klatschnass war.

Von diesem Tag an verpflichtete sich Elvira, die Wahrheit und nichts als die Wahrheit zu sagen. Das brachte sie zwar kurz darauf in Lebensgefahr, danach in ein marokkanisches Gefängnis, wobei ihr nach fünf Monaten die Flucht auf einem Kamel durch die Wüste gelang, wo sie knapp vor dem Verdursten von einem barmherzigen Beduinenstamm aufgenommen wurde, der ihr Weihrauch, Gold und Bernstein schenkte und sie zur Ehrenbürgerin kürte, bevor sie sich aufmachte, eine bis anhin ausgestorbene Skorpionart zu erforschen. Doch das ist eine andere Geschichte, die Elvira später einmal erzählen wird.

Indien, einfach

Es war in den Siebzigern. Jakob Müller aus einem kleinen Innerschweizer Kaff liess sich die Haare wachsen, nannte sich Jake Miller, las Marx und Hermann Hesse, rauchte afghanisches Gras und hörte Donovan. Oft schaute er abgeklärt gen Osten. Dort wartete sein Guru Sri Pancha Ramani Yogi darauf, dass Jake genug Geld zusammenspare, um seine alljährliche Reise nach Indien, genauer gesagt nach Goa, anzutreten. Tag für Tag ging Jake seiner Arbeit als Verkäufer im Bioladen «Sunneblüemli» nach, lächelte dankbar, wenn er Trinkgeld bekam, und versorgte seinen Lohn liebevoll im patschulidurchtränkten Sandelholzkistchen neben dem weissen Buddha beim Fensterbrett.

Jake war geduldig. Das hatte er bei Sri Pancha Ramani Yogi gelernt, eine von vielen Tugenden auf seinem Weg. Nebst Weisheit, innerer Gelassenheit und Erbarmen mit den Armen. Und der fachmännischen Pflege der neuen Cannabissorte «Freedom» natürlich. Jake freute sich auf die Zeit in Goa. Im «Open-Mind-Retreat» würde er seinem tiefsten Seelengrund näherkommen und die Fallstricke seines Egos loslassen, während die Sitarklänge über den Strand wehten. Katie, die Holländerin, die im letzten Jahr von ihrem Höheren Selbst die Durchsage erhalten hatte, eine tantrische Beziehung mit ihm, Jake, verbessere ihr Karma, würde ihn mit offenen Armen empfangen. Sein unterstes Chakra pulsierte beim Gedanken an kommende Liebesnächte mit Katie.

Jake buchte immer Indien einfach. Man wusste nie. Falls man während einer Meditation plötzlich von der

Erleuchtung heimgesucht würde, hätte es keinen Sinn mehr, in den spirituell unterentwickelten, kommerziellen Westen zurückzukehren.

Im Januar war es so weit. Jake kaufte das Ticket nach Delhi, kam erschöpft, aber glücklich in der Metropole an, nahm Bus und Schiff nach Goa und betrat an einem Freitagabend den Ashram «Lotus Flower» in Panjim.

Wie er erhofft hatte, kam Katie als Erste auf ihn zu. Sie hielt die Handflächen aneinander, machte eine kleine Verbeugung, die Jake einen tiefen Einblick in ihr Dekolleté ermöglichte, und hauchte: «Namasté, Bruder.»

«Namasté, Schwester», erwiderte Jake.

«Willkommen zu Hause. Du kommst gerade richtig zum Nachtessen. Es gibt Linsen und Reis.»

Jake lächelte leicht gequält. Das war einer der wenigen Knackpunkte auf dem Weg zur inneren Vollendung: die Ernährung im Ashram. Jeden Tag Reis mit Linsen, Linsen mit Reis. Natürlich kein Fleisch. So sehr Jake Tiere als ebenbürtige Geschöpfe betrachtete, so sehr liebte er ein gutes Rindssteak, aussen dunkel, innen blutig. Natürlich sprach er hier mit niemandem darüber. Er akzeptierte seinen Zwiespalt als letzte karmische Hürde, die es zu überwinden galt, bevor er ins gleissende Samadhi-Licht eintauchen würde.

Am Anfang des ersten Abends ging es ihm gut, einfach nur gut. Er hatte seine Habseligkeiten im Gemeinschaftsschlafraum untergebracht, Jeans und Turnschuhe gegen Lendentuch und Sandalen getauscht und zur Einstimmung einen kleinen Joint geraucht. Nun sass er im Esssaal im Schneidersitz neben Katie, ass die lauwarme, ockerfarbene Pampe und dachte an die Nacht, wenn die

Holländerin ihn auf seiner geflochtenen Schlafmatte besuchen würde.

Leider kam es anders.

Katie war schon während des Essens schweigsam, und als sie die Teller zurückbrachten, nahm sie ihn zur Seite und sagte: «Ich muss mit dir reden, mein Lieber.»

Jake nickte, und sie gingen in den Garten, wo Katie ihn unter eine grosse Palme führte.

«Ich will es kurz und schmerzlos machen …», begann sie, und Jake sah, wie sich der Mond in ihren Augen spiegelte. «Wir hatten eine wunderbare Zeit zusammen …»

«Ja?» Jake ahnte nichts Gutes.

«…doch unsere fleischliche Verbindung darf nicht von Dauer sein. Sie muss sich nun auf eine höhere Ebene transformieren.»

«Oh, Shit!», rutsche es ihm raus, dann fasste er sich wieder und fügte hinzu: «Ich meine, was bringt dich zu dieser Einsicht?»

«Unser Meister selbst», antwortete sie. «Er hat mir ins Gewissen geredet. Selbstverständlich habe ich ihm von unseren sexuellen Abenteuern erzählt.»

«Selbstverständlich.»

«Er hat es anfangs geduldet, weil es für jemanden auf meiner Entwicklungsstufe zu viel verlangt sei, ganz darauf zu verzichten.»

«Verstehe.»

«Doch in den letzten Wochen hat mein Bewusstsein einen Quantensprung gemacht, wie er sagt.»

«Tatsächlich?»

«Ja, Jake, stell dir vor! Mein Nabelchakra ist dabei, sich auf eine höhere Schwingung einzupendeln. Ist das

nicht phantastisch? Ich werde frei von jeglichen Sehn-
süchten und Begierden sein!»

«Ach so.»

«Freust du dich nicht mit mir, mein Lieber?»

«Doch, Katie, natürlich freue ich mich. Ich dachte nur
… ich meine … ich hätte dich gern noch eine Weile auf
dem tieferen Niveau gehabt.»

Sie lachte perlend und fuhr ihm durch die Haare. «Du
bist so süss. Ich weiss, dass es für Männer schwieriger ist.
Das sagte auch der Meister. Nimm es als Chance für dein
inneres Wachstum.»

«Das werde ich, Schwester, das werde ich.»

Er hatte es auch wirklich vor. Er übte sich in Achtsam-
keit, meditierte länger und intensiver, las die heiligen
Schriften der Bhagavad Gita und konzentrierte sich auf
sein inneres Licht. Aber es klappte nicht. Nacht für
Nacht träumte er von Katie. Er roch ihren wunderbaren
Duft nach Wildrose, berührte ihre zarte Haut, sah ihre
Haare, wie sie vom warmen indischen Wind zerzaust
wurden, spürte ihre Lippen auf den seinen.

Er verlor seinen Appetit, begann zu fasten, wurde
dünner und schwächer.

Eines Nachts, es musste etwa zwei Wochen nach Katies Enthüllung gewesen sein, erwachte er ermattet nach
einem sehnsuchtsvollen Traum und konnte nicht mehr
einschlafen. Er stand auf, tappte leise, um die anderen
nicht zu wecken, aus dem Schlafraum und trat hinaus in
den Garten. Es war mild. Von fern war das Meeresrau-
schen zu hören, ein laues Lüftchen umwehte ihn. Er
setzte sich unter die grosse Palme und drehte sich einen
Joint. Tief zog er den Rauch in seine Lungen, nahm

wahr, wie er sich entspannte. Vielleicht war er ja trotz allem auf dem richtigen Weg, und diese Schwierigkeiten waren einfach Teil davon. Man hörte sogar von aufgestiegenen Meistern, die ihre Fleischeslust nicht im Griff hatten. Zum Glück war Sri Pancha Ramani Yogi nicht so.

Jake zog noch einmal an der Selbstgedrehten, dann zerdrückte er den Stummel in der trockenen Erde und kehrte zurück zum Haus. Er ging der Ashram-Küche entlang und hörte den Abzug summen. Durch ein kleines Fenster entdeckte er Chandra, einen der indischen Köche, der bereits mit dem Frühstück beschäftigt war, obwohl es noch stockfinster war.

Er bog um die Ecke, kam am Kühlraum vorbei – und hielt plötzlich inne. Er meinte, Katies Stimme gehört zu haben. Aber das war vermutlich Wunschdenken. Er lächelte, nachsichtig mit sich selbst. Irgendwann würde er die Holländerin vergessen haben und sich auf das Eigentliche im Leben fokussieren.

Er ging ein paar Schritte weiter. Doch, das war sie, eindeutig. Es kam aus dem Kühlraum. Jake war schon ein paarmal dort gewesen und hatte mitgeholfen, Wasserflaschen zum Speisesaal zu tragen. Er hatte gehofft, in einer der Tiefkühltruhen vielleicht ein gutes Stück Fleisch zu entdecken, das er heimlich am Strand hätte braten können, doch natürlich befanden sich nur Tofublöcke und indischer Paneer-Käse darin.

Jetzt hörte er es wieder. Katie lachte. Das perlende, warmherzige Lachen, das er von ihr kannte. Er trat einen Schritt näher und spähte durchs Schlüsselloch. Das war nicht fein, er wusste es, aber da der Kühlraum keine Fenster hatte und er sich davon überzeugen musste, dass ihm seine Sinne keinen Streich spielten, war seine Neugier wohl zu entschuldigen.

Er presste sein Gesicht ans Schlüsselloch.

Als ihm klarwurde, was er da sah, verschlug es ihm den Atem. Katie und Sri Pancha Ramani Yogi. Beide nackt. In eindeutiger Position, sie schräg auf einer der Kühltruhen, er auf ihr, spindeldürr mit langem weissem Bart.

Bevor Jake einen klaren Gedanken fassen konnte, stürmte er hinein und brüllte: «Das ist also euer höheres Niveau! Das hätt ich nie von dir gedacht, Katie!»

Katie drehte sich erschrocken um, dann glätteten sich ihre Gesichtszüge. «Jake, mein Lieber. Du siehst das falsch. Ich erhalte hier meine Einweihung. Es ist ein heiliger Moment. Bitte stör uns nicht.»

Der Meister schaute von einem zum anderen, entschloss sich dann, den Einweihungsakt zu unterbrechen und schlang sein Lendentuch um sich. «Brother Jake», sagte er mit seiner sonoren Stimme, «please try to understand ...»

«No!», schrie Jake, «I understand gar nichts! Das werd ich allen erzählen! Jeder hier soll wissen, was du wirklich für einer bist! Das ist Betrug, Niedertracht, Infamie! Du kannst deinen Ashram schliessen, du Scharlatan!» Jake zitterte am ganzen Körper, merkte zu spät, dass der Guru Katie einen vielsagenden Blick zuwarf, dann griffen vier Hände nach ihm.

«Du wirst unserem Meister nicht schaden!», zischte Katie, packte Jakes Arme, während Sri Pancha Ramani Yogis dünne Finger sich um Jakes Knöchel legten. Sie hoben ihn hoch. Jake zappelte und wehrte sich, doch die vielen Fastentage hatten ihn geschwächt, er konnte nicht verhindern, dass die beiden ihn zur Seite schleppten.

«In the fridge!», sagte der Meister, öffnete die grosse Kühltruhe, Katie half ihm dabei – dann warfen sie Jake hinein. Sie knallten den Deckel zu. Jake drückte dagegen, versuchte, die Truhe mit den Schultern aufzustemmen, doch es war unmöglich. Es poltere und klickte, ein Riegel wurde vorgeschoben und ein Schloss umgedreht. Dann hörte er nichts mehr von den beiden.

«Das könnt ihr nicht tun!», schrie Jake, doch seine Stimme blieb in dem eisigen, zappendusteren Verlies gefangen.

Eine Minute verging. Eine zweite, dritte, vierte. Dann spielte Zeit keine Rolle mehr.

Innert Kürze war Jake bis auf die Knochen durchfroren. Es war so eng, dass er sich kaum bewegen konnte. Die Luft wurde dünn, die Stellung, in der er sich befand, war so unbequem, dass ihm erst die Füsse einschliefen, dann die Hände. Es roch nach Reis und Linsen, Linsen und Reis. Jake vergeudete keine Energie damit, um Hilfe zu rufen. Es wäre zwecklos gewesen.

Endlich konnte er anwenden, was er in all den Jahren der Meditation gelernt hatte. Er konzentrierte sich auf sein inneres Licht, liess es langsam seine Wirbelsäule hinaufsteigen, erweckte seine Kundalini zum Leben, fühlte, wie es leichter in ihm wurde, strahlender. Er lächelte. Bald hätte er es geschafft. Bald würde er seine physische Hülle loslassen und zurückkehren zur Quelle, von wo er hergekommen war. Von wo alle hergekommen waren und wohin sie am Ende ihrer Reise wieder heimkehren würden. Wärmer wurde es in Jake, die Kälte war vergessen, der Verrat, die Enttäuschung – weg, alles weg. Nur der Moment zählte. Das Licht, das Helle, das Weisse. Er spürte, wie es immer mehr Besitz von ihm ergriff, ihn ganz und gar ausfüllte, in jede Zelle seines Körpers drang. Er spürte göttliche Wärme, gleissende Hitze. Er tauchte ein. Verschwand in der Helligkeit. Im immerwährenden Licht des Universums.

Jahre später:
Katie dachte mit Wehmut an ihre Zeit im indischen Ashram zurück. Da war doch mal dieser schüchterne, verliebte Junge gewesen. Hatte er nicht Jake geheissen? Was wohl aus ihm geworden war? Dunkel erinnerte sie sich an eine peinliche Situation und daran, dass sie Jake in eine Kühltruhe gesperrt hatten, nur für eine Minute, wie ihr Guru versicherte, bis das Temperament des ungestümen jungen Mannes sich etwas abgekühlt hätte. Sie war am nächsten Tag abgereist, hatte sich in Holland in einen Physikprofessor verliebt, der dieses ganze spirituelle Zeug für Humbug erklärte und von ihr verlangte, vernünftig zu werden. Was sie dann auch wurde. Als Mutter von fünf Kindern hatte sie vor lauter Windelnwechseln sowieso keine Zeit zum Meditieren.

Sri Pancha Ramani Yogi dämmerte – inzwischen über hundertjährig – im Zustand völliger Demenz in einem Armenpflegeheim vor sich hin, spielte mit seinem schneeweissen Bart, der ihm nun bis zu den Knien reichte, und murmelte ununterbrochen: «Open the fridge, open the frigde.»

«Very strange», sagte Rajakrishnan Singh, Inspector des Goa Police Departments, als er Jahre, nachdem der Ashram «Lotus Flower» aufgelöst worden war, im ehemaligen Kühlraum eine verstaubte Eistruhe entdeckte, sie aufbrach und darin eine mumifizierte Leiche fand. Auf den Überresten des Gesichts des Toten war ein glückseliges Lächeln zu erkennen.

«Very, very strange», meinte der Inspector, als die Autopsie ergab, dass der junge Mann nicht erfroren, sondern den Hitzetod gestorben war.

Nächtliches Intermezzo

«Möpschen?»

«Hmm.»

«Schläfst du schon?»

«Hmpf.»

«Friedhelm!»

«Was denn, Trudi?»

«Du schläfst ja gar nicht!»

«Trudi. Ich bin müde.»

«Hör mal zu, Möpschen, ich hab mir da was überlegt. Deine Stiefmutter … du weisst schon, Pauline.»

«Ich weiss, wie meine Stiefmutter heisst.»

«Die gute Pauline ist doch schon weit über neunzig, nicht wahr?»

«Hmm.»

«Ich meine, sie könnte jederzeit auf dem nassen Laub ausrutschen und sich zum Beispiel den Kopf anstossen. Kinderlos, wie sie ist.»

«Das versteh ich jetzt nicht ganz.»

«Oder spurlos verschwinden. Das passiert bei alten Leuten immer wieder. Wir sollten … Möpschen?»

«Hmm.»

«Friedhelm!»

«Chschlf.»

«Wie bitte?»

«Ich schlafe!»

«Friedhelm! Das hier ist wichtig! Ich habe eine Idee.»

«Hat das nicht Zeit bis morgen? Es ist mitten in der Nacht.»

«Ich habe sogar eine sehr gute Idee! Paulines Hüftgelenk braucht ein neues Scharnier. Es rostet. Ihr Gebiss sitzt schief und muss saniert werden. Und ihre Blase leckt.»

«Ihre Blase – was?»

«Sie leckt. Du verstehst schon. Sie ist undicht.»

«Pauline?»

«Ihre Blase! Paulines Blasenmuskel verfügt nicht mehr über die notwendige Straffheit und Durchblutung, um … Möpschen, hörst du mir noch zu?»

«Paulines Hüftgelenk rostet? Das gibt's ja gar nicht!»

«Nun ja, ich – »

«Das hast du dir ausgedacht!»

«Jetzt bist du wach, mein Lieber. Ich wollte dir nur den Ernst der Lage klarmachen. Paulines Verfall-datum ist abgelaufen. Ihr Riesenvermögen modert ungenutzt vor sich hin, ihr Gärtner pflegt den Schlosspark umsonst, da Pauline keinen Fuss mehr vor die Tür setzt. Sie hört weder das Gezwitscher der Vögel, halb taub wie sie ist, noch geniesst sie den Seeblick, halbblind wie sie … Friedhelm? … Fried-helm! Du schnarchst!»

«Bitte, Trudi.»

«Man sollte barmherzig sein und ihrem Leiden ein Ende bereiten.»

«Was sagst du da, du verrücktes Weib?»

«Schrei mich nicht an, Friedhelm! Denk an deinen Cholesterinspiegel. Wenn Pauline dereinst – Gott hab sie selig – ihren letzten Weg antritt und wir uns als ihre einzigen Angehörigen bereit erklären, die Bürde der Verwaltung ihrer Habseligkeiten auf uns zu nehmen – »

«Ach? Jetzt sind es plötzlich Habseligkeiten? Vorher war es noch ein Riesenvermögen.»

«Dreh mir nicht das Wort im Mund herum. Was ich sagen will, ist: Man muss sich um die Sache kümmern.»

«Die Sache?»

«Pauline.»

«Man?»

«Wir.»

…

…

«Und wie stellst du dir das vor?»

«Als Erstes ist es wichtig, dass wir zusammenhalten, du und ich.»

«Das tun wir doch, Trudi. Seit vielen Jahren.»

«Ich meine, so richtig. Durch dick und dünn.»

«Chrrr…»

«Möpschen! Schlaf jetzt nicht wieder ein!»

«Ist ja gut, Trudi, ist ja … gut. Wir müssen also … chrrr… durch dück und dinn…»

«Friedhelm! Wach auf! Sei ein Mann! Zeig Stärke, Mut und Weitsicht! Ich muss mich auf dich verlassen können.»

«Das kannst du doch, meine Liebe.»

«Hundertprozentig?»

«Gewiss.»

«Du packst die Dinge an und tust, was nötig ist?»

«Aber ja.»

«Gut. Dann steh jetzt auf!»

«Jetzt?»

«Es muss sein.»

«Weisst du verdammt nochmal, wie spät es ist?»

«Reg dich nicht auf! Dein Cholesterin – »

«Ja, ja, mein Spiegel! Was ist denn nun eigentlich los?

Und wieso hast du nasse Haare?»

«Ich war draussen. Hör zu, mein Lieber, ich hab dir nicht die ganze Wahrheit erzählt.»

«Inwiefern?»

«Pauline hat ihre letzte Reise bereits angetreten. Vor einer halben Stunde. Kinderlos, wie sie ist. Und wir erklären uns bereit, die Bürde der Verwaltung ihrer Habseligkeiten zu übernehmen.»

«Wie bitte?»

«Friedhelm, steh auf und hol die Schaufel!»

.

Fugu

Schnipp, schnipp, schnipp. Pedro Sanchez, der Koch, schnitt den Fisch in hauchdünne Scheiben. Dann drapierte er die Stückchen in einem geometrisch perfekten Muster auf die grosse Glasplatte, garnierte sie mit Ingwerstäbchen und Reisbällchen in Sesamöl und träufelte ein paar Tropfen Zitronensaft darüber. Appetitlich sah es aus. Er stellte die Platte zur Seite und nahm sich die nächste vor.

Schnipp, schnipp, schnipp. Pedro hatte eine mehrjährige Ausbildung bei einem japanischen Meister absolviert, die ihn befähigte, den Namen «diplomierter Fugu-Koch der Kaiserlichen Gilde Nippons» zu tragen. Nachdem Pedro von der Schulklasse seines Heimatlandes wegen seiner abstehenden Ohren jahrelang gehänselt und Elefant Dumbo genannt worden war, hatte er sich entschlossen, an einen Ort auf dieser Welt zu ziehen, an welchem das Innere des Menschen höher gewichtet wurde als das Äussere. Er hatte die strenge Abschlussprüfung in Kyoto mit Höchstnote bestanden und sogar seinen Lehrer übertroffen, was dieser lächelnd hingenommen hatte, obschon er vor den versammelten Anwärtern sein Gesicht verloren hatte.

Der Kugelfisch, eines der gefürchtetsten Tiere weltweit, war Pedros Spezialität. Nichts für Weicheier. Ass man davon, spielte man Russisches Roulette. Das Nervengift Tetrodotoxin, 1000mal tödlicher als Zyankali, steckte in fast jedem Teil des Fisches. Nur die richtige Zubereitung – die Arbeit eines Künstlers wie Pedro – machte aus der Henkersmahlzeit einen Gaumenschmaus mit Lippentaubheit, Zungenkribbeln und euphorischen Gefühlen. Wurde der Fugu falsch präpariert, war das Kribbeln nur der Anfang der grausamen Symptome, die sich über den ganzen Körper ausbreiteten, und bedeutete den sicheren Tod in kurzer Zeit.

Schnipp, schnipp, schnipp. Pedro war mit Hingabe bei der Sache. Die zweite Platte war bald fertig, dann die dritte. Die grafische Anordnung und die Abfolge der Farben waren wichtig, Pedro hatte in Japan gelernt, dass äussere Perfektion ein Zeichen für innere Schönheit und Weisheit war.

Er nahm sein Werk und balancierte es in den Speisesaal, wo seine Gäste bereits warteten. Als er zum ersten Tisch kam, drehte sich ein dunkelhaariger Mann um, schien erst erstaunt, dann belustigt, dann rief er: «Hey, amigos, ist das nicht Elefant Dumbo?»

Pedro stellte die Platte lächelnd wie ein echter Japaner auf den Tisch. Die spanische Reisegruppe, die sich vor ein paar Tagen angemeldet hatte – es war eine ganze ehemalige Schulklasse – würde sein erlesenes Mahl geniessen.

Fast bis zum Schluss.

Wenn das grosse Kribbeln käme.

Ronja Reiser, die rasende Reporterin

Ich heisse Ronja Reiser, und ich bin die jüngste Mitarbeiterin, die der «Abendexpress» jemals hatte. Der «Abendexpress» ist das ödeste Käseblatt, das man sich denken kann. Die Auflage sinkt jährlich. Doch mit Hilfe der treuen konservativen Leser, von denen einige – anders kann ich es mir nicht erklären – der Redaktion regelmässig einen Zustupf überweisen, schafft es die Zeitung immer wieder ein weiteres Jahr über die Runden. Ich habe den Job seit ein paar Monaten. Todesanzeigen entgegennehmen, Berichte über Kaninchenzüchter oder Kürbisbauern schreiben, Nachrufe irgendwelcher Dorfberühmtheiten verfassen, die ausserhalb unseres Bezirks kein Schwein kennt – das sind ungefähr meine Aufgaben. Waren es jedenfalls bis vor kurzem.

Inzwischen hat sich das völlig geändert. Aber dazu später.

Ich bin zweiundzwanzig, dünn und strohblond. Das heisst, meine Haare sind mehr Stroh als blond. Ich kann sie nicht bändigen, sie stehen wie dürre Stengel von meinem Kopf ab. Ich bin in diesem elenden Kaff aufgewachsen, das aus gutem Grund Hinterschattenweiler heisst, bin hier zur Schule gegangen, kenne Hinz und Kunz, hab so etwa mit jedem Jungen der Nachbarschaft mal rumgemacht, war aber nichts Rechtes darunter. Mein Paps ist vor ein paar Jahren an einem geplatzten Blinddarm gestorben, meine Mam arbeitet an der Tankstelle hundert Meter von unserem Haus entfernt, und meine zwei jüngeren Brüder können sich nicht entscheiden, ob sie eine Lehre machen, weiterhin die Schulbank drücken oder gegen die Schlechtigkeit der Welt rebellieren sollen. Der Grosse hat vor einem Jahr den lokalen Kirsch entdeckt, der einen besonders hohen Alkoholgehalt hat, der Kleine macht ihm das mit dem Komasaufen inzwischen nach, und Mam flippt regelmässig deswegen aus. Doch abgesehen davon sind wir eine recht normale Familie.

Ich wusste nicht, was ich nach der Schule tun sollte. Zum Medizinstudium reichten meine Noten nicht, und es hätte mich auch nicht wirklich interessiert. Und die anderen Fächer waren auch nicht verlockend. Sollte ich Anwältin werden? Oder so was Idiotisches wie Ethnologin? Nein, dann lieber was Handfestes. Bei einem Openair-Konzert im Nachbartal hab ich in der Schlange vor den völlig versifften WC-Kabinen eine der Backgroundsängerinnen einer unbekannten finnischen Band kennengelernt. Nun, ich kann nicht finnisch, sie konnte nicht Deutsch, was lag näher, als dass wir uns ein paar Minuten angrinsten, in schlechtem Englisch über den schlammigen Boden lästerten – denn selbstverständlich regnete es an diesem Wochenende in Strömen, was es bei Openair-Konzerten immer tut. Irgendwie hat mich diese Begegnung nicht losgelassen. Ich hab schon immer gern geschrieben. Also verfasste ich zu Hause einen witzigen Bericht über diese Minuten vor dem stinkenden Kabäuschen und schickte sie dem «Abendexpress».

Der druckte ihn ab. Ich sagte ja, es ist ein Käseblatt. Das war der Anfang meiner Karriere.

Nach ein paar Monaten auf der Redaktion, die aus repetitivem Tippen von öden Texten bestand, machte ich meinem Chef den Vorschlag, ein neues Ressort einzuführen. Es sollten aussergewöhnliche Artikel sein, und ich würde mit «Ronja Reiser, die rasende Reporterin» unterzeichnen. Ich weiss, das klingt kindisch, aber ich brauchte eine neue Herausforderung, die Nachrufe und Beschreibungen der Handarbeitslehrerinnentreffen hingen mir bald zum Hals heraus. Jedenfalls nahm Waldemar, mein Boss, ein gutmütiger, etwas trotteliger Typ, meine Eingebung dankbar auf. Wahrscheinlich hatte seit Urzeiten niemand mehr irgendwelche neue Inputs eingebracht, so dass Waldemar über alles froh war, das dem Blatt einen Hauch von Modernität verlieh. Daraufhin erhielt ich jeden Samstag eine Doppelseite, die ich frei gestalten konnte.

Ich sagte vorhin, die Auflage des «Abendexpress» sei rückläufig. Nun, das stimmt nicht ganz. Nicht mehr. Seit meiner samstäglichen Doppelseite flattern täglich begeisterte Leserbriefe von Leuten, die nach mehr verlangen, in die Redaktion. Mehr Action, mehr Spannung, mehr Buntes und Lebendiges. Und ich biete es ihnen. Anfangs fuhr ich mit dem Bus in die nächstgelegenen Städte auf der Suche nach einem Kick. Und entdeckte immer etwas, das sich lohnte, aufgeschrieben zu werden. Irgendwann – okay, ich geb's zu, es ist nicht die feine Art, aber was soll man machen, von irgendwas muss man ja leben – erfand ich was. Keine grosse Sache. Eine unscheinbare Begebenheit bauschte ich auf, fügte etwas Thrill und Glamour hinzu und schmetterte eine ultracoole Story hin, die sich gewaschen hatte. Die Reaktionen waren grossartig und ermutigten mich weiterzumachen.

Inzwischen ist es mir zur zweiten Natur geworden, die verrücktesten Geschichten zu erfinden, mit fingierten Fotos zu illustrieren (Photoshop sei Dank ist heute alles möglich) und das Lob mit bescheidenem Nicken einzuheimsen. Letzten Monat habe ich den begehrtesten Journalistenpreis der Region erhalten. Da hat mich ehrlich gesagt das schlechte Gewissen gezwackt, aber nur kurz. Manchmal denke ich, mein Boss kennt die Wahrheit. Doch er hütet sich, etwas zu unternehmen. Zu erfreulich ist die Auflage.

Es hätte ewig so weitergehen können. Ich, «Ronja Reiser, die rasende Reporterin», mit Lohnerhöhung, irgendwann käme ein süsser Junge, der mir den Kopf verdrehte, gefolgt von einer Horde Kinder, die gegen die Schlechtigkeit der Welt protestierten, weiteren Preisen, Häuschen, Hund und Honda, Gesundheit, Geld und Glück bis zum seligen Ende – doch es sollte nicht sein.

Mein Leben nahm eine jähe Wende, als aus meiner komplett erstunkenen und erlogenen Story um eine in einem Silo gefundene Leiche bitterer Ernst wurde. Denn die Leiche existierte. Und der Mörder leider auch.

Den hatte ich mit meinem Bericht aus seiner Beschaulichkeit gelockt. Zwar hatte er den Leichnam in einem anderen Silo deponiert als in dem von mir erfundenen, doch die Polizei, durch meinen zugegebenermassen etwas aus dem Ruder gelaufenen Artikel hellhörig geworden, durchsuchte etliche Bauernhöfe und wurde fündig. Leiche im Silo. Weiblich, nackt. Und sehr tot. Bereits ziemlich unansehnlich, von blau-grünlicher Farbe, wie ich erfuhr, und überdeckt mit gärendem Kohl. Die Beamten klopften mir auf die Schulter, ich wurde nicht nur mit einem Preis, sondern diesmal mit einer Medaille ausgezeichnet. Und bekam am nächsten Tag den ersten Drohbrief des Mörders.

Anfangs hielt ich es noch für einen Scherz. Ich schrieb weitere Artikel über die Polizeiermittlungen, diesmal echte. Als die Scheibe meines Fensters zerbrach und ein Pflasterstein mitten in der Küche lag, war ich ernsthaft besorgt. Ich blieb beim Thema, schilderte die Fortschritte der Behörden. Und erhielt die unmissverständliche Aufforderung, die Klappe zu halten. Ich schrieb weiter, angetrieben vom Adrenalinstoss, einer echten und wahren Story auf der Spur zu sein. Kurz darauf fand ich meinen Kanarienvogel tot in seinem Käfig. In zwei Teilen.

Ich heulte eine Runde lang, dann entschloss ich mich zum Gegenschlag.

Ich berichtete im «Abendexpress» über die Drohbriefe, motivierte die Leser, auf verdächtige Personen zu achten, Auffälligkeiten den Behörden zu melden und sich aktiv an der Suche nach dem Täter zu beteiligen. Die Polizei befahl mir zwar, solche Aufrufe bleiben zu lassen, doch es war schon zu spät. Eine wahre Hexenjagd hatte begonnen. Die Dorfbevölkerung von Hinterschattenweiler, vor lauter Langeweile fett und passiv geworden, hatte eine neue Beschäftigung entdeckt.

Ein paar Tage später fand ich eine am Schwanz aufgehängte Maus an meiner Haustür. Sie lebte noch, aber nicht mehr lange. In ihrer Schnauze steckte ein Zettel, auf dem stand: «Wenn du weitermachst, bist du tot.» Ich nahm die arme Maus vom Nagel an meiner Tür. Sie starb in meiner Hand. Ich begrub sie im Garten und sagte dem Silo-Mörder den Kampf an.

Meine Mam flehte mich an, die Sache aufzugeben und wieder lustige Artikel zu schreiben, meine Brüder stiessen prophylaktisch auf ihre todgeweihte Schwester an – doch ich blieb dran. Jetzt erst recht. Ich hatte mich noch nie unterkriegen lassen. Die Auflage des «Abendexpress» vervielfachte sich. Ich recherchierte in forensischen Schriften und erfuhr, dass Tierquälerei eine mögliche Vorstufe zum Serienmord war. So ein Typ bringt seine Opfer – seien es Kanarienvögel, Mäuse oder Menschen – nicht aus Geldgier oder Rache um. Sondern weil ihr Schmerz ihn anturnt. So was mag ich nicht. Ich bin für Gerechtigkeit, Frieden und Ehrlichkeit.

Okay, das mit der Ehrlichkeit sehe ich vielleicht etwas lockerer als andere. Aber meine erfundenen Stories sind für mich gelebte Kreativität. Wer glaubt denn schon, was in der Zeitung steht? Stimmt der Börsenbericht tatsächlich? Und erst der Wetterbericht: «Im Flachland muss nebst vereinzelten Aufhellungen mit Schauern gerechnet werden.» So eine miese Trefferquote kriegt jedes Kind hin. Jedenfalls kam Kleinbeigeben für mich nicht in Frage. Die ganze Sache hatte sich bereits über Monate hingezogen, es war Frühling und Sommer geworden. Noch immer lief der Mörder frei herum, noch immer tappte die Polizei im dunkeln.

Dann wurde die zweite Leiche gefunden.

In einem einsamen Waldstück. Ebenfalls weiblich, ebenfalls nackt. Ich schien also recht gehabt zu haben, hier war ein Serientäter am Werk.

Am 1. August – der Nationalfeiertag wird bei uns begangen, als gäbe es einen Patriotismuswettbewerb zu gewinnen – war es sonnig und heiss. In der Post hingen überall Schweizerfähnchen zwischen den Schaltern; der Dorfbäcker hatte kreuzförmige Brötchen mit rot-weissen Schokoladestreuseln gebacken; die wenigen Läden, die in Hinterschattenweiler noch nicht eingegangen sind, waren vollgestopft mit eidgenössischem Kitsch, der Jahr für Jahr erneut aus den Kellern nach oben getragen und in den Schaufenstern drapiert wird.

Um die Mittagszeit beendete ich meinen Bericht, stellte den Computer auf Standby und ging rüber zum Restaurant «Frohsinn», dessen Besitzer alles andere als frohen Sinnes ist. So missmutig wie Max ist bei uns keiner. Dabei ist er der Einzige, dessen Geschäfte wirklich laufen. Der «Frohsinn» ist ein Einmannbetrieb. Max macht den Einkauf, kocht, bedient die Gäste, wäscht das Geschirr und putzt abends die Räume. Er verrichtet die Arbeit, die eigentlich für drei bis vier Personen gedacht ist. Demensprechend wirkt das Ganze auch. Die Menüs lieblos und fad, die Getränke lauwarm, die Tische voller Essensresten des Vorgängers; über den Zustand der Toiletten werde ich schweigen bis an mein Lebensende, die Beschreibung wäre nicht jugendfrei. Doch wir haben keine Alternative, also treffen wir uns im «Frohsinn».

Ich trat ins Gartenrestaurant, wo unter der Linde noch ein Platz frei war. Ich grüsste die Handwerker, die seit zwei Wochen das Gemeindehaus renovierten und nun schweigend ihre Schnitzel in sich hineinschaufelten, und nickte meiner ehemaligen Primarlehrerin zu, die in einer Ecke Hausaufgaben korrigierte, während sie am Essen war.

Max kam heraus, wischte sich die Hände an seiner dreckverschmierten Schürze ab und leierte herunter: «Gemischter Salat, ohne Zwiebeln, ohne Gurken, ohne Rettich?»

«Wieso fragst du überhaupt noch?»

Er zuckte die Schultern. Sein Aftershave roch nach altem Tabak. «Hätt ja sein können, dass du mal was anderes bestellst.»

«Wüsste nicht, wieso», grinste ich. «Was anderes wäre noch ungeniessbarer.»

«Ja, ja, lästert alle nur über den alten Max! Aber ihr kommt doch wieder zurück.»

Recht hatte er. Er brachte das Gedeck und tischte bald mein Mittagessen auf. Ich ass meinen Salat, zahlte und kehrte gedankenverloren in die Redaktion zurück. Eigentlich hätte ich nur bis Mittag arbeiten müssen, aber die ganze Sache mit dem Serienkiller liess mir einfach keine Ruhe. Etliche Briefe mit verdächtigen Beobachtungen waren bei uns eingegangen. Selbstverständlich hatte ich alle an die Polizei weitergeleitet, nicht ohne sie zuvor zu kopieren.

Aus dem Chefbüro hörte ich das Gekreische des «Angry Birds»-Spiels, das mein Boss sich aufs iPhone geladen hatte. Immer wenn Waldemar an Ideenmangel leidet – das sagte er mir ohne Schamgefühl – jagt er die Vögel auf die Schweinchen, auf dass das elektronische Massaker seine Hirnzellen motiviere. Den nervösen Handyklängen nach schien die Leere in seinem Kopf beängstigende Ausmasse angenommen zu haben und dringend neuer Impulse zu bedürfen.

Meine beiden Teamkolleginnen waren schon nach Hause gegangen. Ich holte den Ordner mit den Leserbriefen hervor und setzte mich an den Schreibtisch.

«Ich weiss, wer die Frauen umgebracht hat», lautete der erste, der von unserem Dorfquerulanten stammte. «Für zehntausend Franken und ein Exklusivinterview in Ihrer Zeitung sag ich Ihnen alles.»

«Erich Odermatt ist der Mörder», schrieb Jutta Müller, geschiedene Odermatt.

Ein anonymer Absender behauptete: «Max, der Wirt, war's. Der stinkt nach Tabak.»

Und auf einem karierten Zettel stand in ungelenker Schrift: «Unser Leerer is der Möhrder, nemen sie ihn sofort fest.» Darunter waren zwanzig bunte Kinderunterschriften.

Ich blätterte alle eingegangenen Briefe durch und blieb an einem hängen, den ich bis jetzt aus irgendeinem Grund nicht richtig beachtet hatte. Er war am Computer geschrieben, Normschrift Arial 12, linksbündig, einzeiliger Abstand, ohne Namen. Der Text lautete: «Treffen Sie mich am 1. August um 22 Uhr in der Kirche. Dann erfahren Sie mehr. Sie wollen doch die perfekte Story, oder?»

Unwillkürlich schaute ich auf die Uhr. Halb drei. Aus der Ferne war ein Raketenfrühzünder zu hören, während Waldemar in seinem Büro gleichzeitig einen Jubelschrei ausstiess. Wahrscheinlich hatte er ein neues Vogel-Schweinchen-Level erreicht.

Ich nahm an, es würde sich als Reinfall entpuppen, der Aufforderung zum nächtlichen Treffen nachzukommen, doch ich musste mir eingestehen, dass mich der letzte Satz nicht losliess. Die perfekte Story. Natürlich wollte ich die.

Ich überlegte scharf. Was war das Ärgste, das mir passieren konnte? Ich nahm Stift und Blatt und listete auf, was mich schlimmstenfalls erwartete:

Dass niemand kam.

Dass mir ein Spinner mitteilte, seine Schwiegermutter sei die Mörderin.

Dass einer meiner Verflossenen sich einen Spass auf meine Kosten erlaubte und mich mit verblüfftem Gesichtsausdruck auf YouTube stellte.

Dass der echte Mörder mich abpasste und umlegte.

Den letzten Punkt strich ich wieder, der war zu unwahrscheinlich. Alles in allem hatte ich nichts zu verlieren. Aber viel zu gewinnen. Falls sich das Ganze – wovon ich eigentlich ausging – als Fehlanzeige erwies, würde ich eine spannende Ermittlungsgeschichte mit Cliffhanger daraus machen und mit dem verheissungsvollen Schlusssatz «Fortsetzung folgt» weitere Berichte ankündigen. Waldemar würde mich befördern. Wenn es bei uns so was wie Beförderungen gäbe.

Der Nachmittag verging schnell. Nachdem mein Boss einen virtuellen Berg Schweinchenleichen hinterlassen hatte, was seinen Denkfluss aber leider nicht anzukurbeln schien – das merkte ich an seinem schleppenden Gang, als er sich verabschiedete – räumte ich noch etwas auf, schloss dann das Büro und stürzte mich ins Festgetümmel. Das ganze Dorf war auf den Beinen. Auf dem Rathausplatz wurden Raclette, gebrannte Mandeln und Bier vom Fass angeboten. Holzbänke waren aufgestellt worden, und die freiwillige Feuerwehr spielte Marschmusik. Der Gemeindepräsident hielt eine Rede über die berühmte Schweizer Toleranz Ausländern gegenüber und wurde ausgebuht.

Die Kirchturmuhr schlug acht, dann neun, dann halb zehn. Inzwischen war die Sonne untergegangen, von überall her waren Knaller und Kracher zu hören. Erste farbige Feuerwerkskörper wurden gezündet. Es roch nach Schwefel und Schwarzpulver. Ich schwatzte mit allerlei Leuten, verköstigte mich ungesund und üppig und warf immer wieder unauffällig einen Blick zur Kirche hinüber.

Sie steht etwas abseits unseres Dorfes, leicht erhöht auf dem sogenannten Galgenhügel. Ein Pfad windet sich hinauf, der von Pappeln gesäumt ist. Neben der Kirche befindet sich der eingezäunte Friedhof. Noch hatte ich niemanden den Weg hochgehen sehen. Wahrscheinlich würde ich wie eine Idiotin rumstehen und auf den geheimnisvollen Schreiber warten, während in «Downtown» die Sause ohne mich abging. Doch da ich es mir vorgenommen hatte, würde ich das Wagnis eingehen, selbst auf die Gefahr hin, mich lächerlich zu machen.

Um Viertel vor zehn – das Feuerwerk war in vollem Gang – schlich ich Sherlock-Holmes-mässig vom Dorfkern durch die Gassen, liess den Kiosk und die Metzgerei hinter mir und hielt mich Richtung Galgenhügel. Ein blau-rot-silberner Funkenregen rieselte vom Himmel herunter, aus unzähligen Kehlen hinter mir kam ein «Ah» und «Oh».

Ich erreichte den Kiesweg, der hinaufführte. Der Abend war noch immer lau. Langsam verebbten die Geräusche hinter mir, die Musik wurde vom Wind in die andere Richtung getragen, das Gelächter und Geschwätz verwandelte sich in fernes Gemurmel. Ich hatte erwartet, Jugendliche auf dem Kirchenhügel anzutreffen, die Knallkörper zündeten, aber niemand war hier. Stolz und einsam stand die Kirche vor mir, so wie es nur eine katholische Kirche kann. Über dem Haupteingang hing eine Laterne, die ein warmes Licht verströmte, die Umgebung aber nicht sonderlich erhellte. Ich ging einmal rings um das Gebäude herum, entdeckte aber nichts Suspektes.

Die Turmuhr schlug zehn.

Rechts von mir lag der Friedhof. Ich bin weder abergläubisch noch ängstlich, wie alle bezeugen, die mich kennen, darum erwartete ich von mir, forschen Schrittes und ohne erhöhten Puls zwischen den Gräbern zu wandeln. Es gelang mir fast.

Beim moosüberwachsenen Grabstein des alten Apothekers, der schon zu Lebzeiten wie ein Leichnam ausgesehen hatte (zu viele homöopathische Selbstversuche, vermut ich mal), wurde mir für einen kurzen Moment mulmig. Vor allem, da in der Pause zwischen zwei Raketen eine unangenehme Stille eintrat, in welcher ein Käuzchen schrie, worauf die Phantasie kurz mit mir durchging. Ich sah den Grabstein wanken, die Erde sich öffnen, eine bleiche, knochige Hand aus der Tiefe auftauchen und nach mir greifen. Ziemlich gruselig das Ganze, doch verständlich nach dem alten Zombie-Film, den ich kürzlich gesehen hatte.

Plötzlich schreckte ich zusammen.

Schritte auf dem Kies.

Nicht hier auf dem Friedhof, sondern etwas weiter weg bei der Kirche. Ich starrte intensiv in die Dunkelheit, konnte jedoch ausser dem fahl erleuchteten Eingang nichts erkennen. Vielleicht war mein anonymer Briefeschreiber ja doch gekommen. Ich verliess das Gräberfeld, schloss das schmiedeeiserne Tor hinter mir und ging zur Kirche hinüber. Ich schaute um die Ecke. Nichts. Dann drückte ich die Klinke hinunter, obwohl ich eigentlich wusste, dass das Portal um diese Zeit verschlossen sein würde.

War es aber nicht.

Das war nun wirklich merkwürdig. Ich öffnete das Tor und betrat die Kirche. Einen Spalt liess ich es offen, damit ich wenigstens ansatzweise etwas sähe. Ich ging ein paar Schritte durch den Mittelgang Richtung Altar. Durch die bemalten Fenster flackerten kurz die Funken des Feuerwerks, dann wurde es wieder dunkler. Es roch nach Weihrauch, Holzpolitur und alten Bibeln. Hier war ich vor vielen – naja, einigen – Jahren trotz penetrant verkündetem Atheismus gefirmt worden, was mir von meiner Tante mütterlicherseits immerhin eine goldene Armbanduhr einbrachte, welche ich allerdings sofort auf eBay versteigerte und mir dafür ein iPad zulegte.

Wumm – das Tor fiel ins Schloss.

Ich zuckte zusammen. Es war stockfinster.

«Wer war das?», fragte ich, und meine Stimme hallte von den Wänden wider. Hoffentlich klang ich nicht so beklommen, wie ich mich fühlte.

Da waren die Schritte wieder. Langsame, schwere Schritte. Männerschritte.

Sie kamen von der Seite, von da, wo eine lebensgrosse Maria ihren blondgelockten Sohn im Arm hält. Von da, wo der beste Platz in der Reihe ist, um während eines langweiligen Gottesdienstes ein Nickerchen zu machen. Wo ich meinen ersten Kuss vom unehelichen Sohn des Pfarrers bekommen hatte.

«Wer ist da?», doppelte ich nach.

Ein kehliges Lachen war zu hören, das mir einen Schauer über den Rücken jagte. Mit einem Schlag wurde mir klar, dass ich den letzten Punkt meiner Liste nicht hätte streichen sollen.

«Ich habe soeben die Notrufnummer der Polizei gewählt», behauptete ich mit trockenem Mund, und als der andere nichts erwiderte, fügte ich hinzu: «Und ich bin bewaffnet. Ausserdem läuft mein Aufnahmegerät. Alles, was Sie sagen, wird morgen in der Zeitung stehen.»

«Nein, das wird es nicht», flüsterte ein Mann dicht an meiner Ohrmuschel. Er roch nach Tabak.

Ich erstarrte. «Du bist das?»

«Ja, ich bin das.» Ich fühlte seinen Atem auf meiner Wange.

«Ronja, die rasende Reporterin», feixte er leise. Seine Stimme hörte sich ungewöhnlich brüchig an. Er hatte keinen Grund, hier zu sein, ausser mich zum Schweigen zu bringen.

«Max, hör zu – wenn du mir etwas über die Morde mitteilen möchtest, können wir das bei Tageslicht besprechen. Komm doch morgen auf die Redaktion.» Es war ein kläglicher Versuch.

Der andere lachte. Irgendwie klang er komisch.

Okay, das war nun der Moment, um abzuhauen. Max hatte keine Informationen für mich, Max war der Mörder. Und auf eine tote Frau mehr oder weniger käme es ihm nicht an. Ohne Ankündigung drehte ich mich um und wollte zum Ausgang spurten.

Ging nicht. Zwei Hände griffen nach mir. Zwei Hände in Handschuhen. Gar nicht gut. Keine Finger – keine Fingerabdrücke. Da wollte jemand wirklich keine Spuren hinterlassen. Ich wand mich, schlug dem andern ins Gesicht, da drückte er mir einen feuchten Lappen auf die Nase, der einen beissenden Geruch verströmte. Ich versuchte, nicht einzuatmen, wehrte mich, trat um mich, kickte ihm mein Knie in den Magen. Doch das Mittel, was immer es war, wirkte schnell. Ich schnappte nach Luft – und war weg.

Als ich zu mir kam, sass ich gefesselt im Beichtstuhl. In meinem Schädel drehte sich alles, mein Magen rumorte, mein T-Shirt war feucht und stank nach Kotze. Super Ausgangslage.

«Max?», ächzte ich in die Stille und musste mich gegen einen erneuten Brechreiz wehren.

Keine Lichter drangen von aussen herein, keine Geräusche, das Feuerwerk war beendet, es musste mitten in der Nacht sein.

«Max, wir können das doch klären. Ich werd dich nicht verpfeifen. Ich – »

Eine unerwartete Ohrfeige liess mich verstummen. Ich versuchte, mich zu bewegen, aber die Seile um meine Handgelenke und Knöchel waren straff an den Stuhl gebunden.

«Ich bin nicht Max.»

Seine Stimme klang komisch, das stimmte, aber ich hatte ihn doch gerochen. Diesen üblen Tabakmief würde ich aus allen anderen Düften heraus erkennen.

Plötzlich leuchtete eine Taschenlampe auf. Ich war geblendet, blinzelte, sah für einen Sekundenbruchteil das Gesicht des anderen und war masslos überrascht. Dann wurde es wieder dunkel.

«Du? Waldemar?», stiess ich erleichtert, aber auch etwas verärgert hervor. «Was soll das? Wolltest du mich testen, wie weit ich für eine Story gehen würde? Ich muss zugeben, du hast mich echt in Angst und Schrecken versetzt. Du kannst mich jetzt wieder losbinden. Ich hab den Test ja wohl bestanden.»

Mein Boss knipste die Taschenlampe wieder an und richtete den Strahl direkt in meine Augen.

«Jetzt reicht's, Waldemar, wirklich! Ich sehe nichts! Stell das Ding ab, und mach mich los.»

Waldemar tat nichts dergleichen, sondern nahm ein Fläschchen mit Zerstäuber hervor und versprühte eine Ladung auf mich, auf den Beichtstuhl, in die Luft. Duftnote Tabak.

«Man wird dich tot auffinden», sagte er so kalt, dass ich ihn nicht wiedererkannte. Das war nicht der Schweinchen killende, ideenlose Redaktionstrampel, das war ein Psychopath. «Du wirst nach dem Aftershave des armen Max riechen. Er hat kein Alibi für die Tatzeit, da er allein besoffen zu Hause liegt. Auf seinem Computer wird man die Fotos der toten Frauen entdecken.»

«Warum?», stiess ich hervor. «Warum tust du das? Das ist doch nicht dein Ernst, Waldemar!»

«Bei Serientätern ist die Frage nach dem Warum unerheblich», sagte er tonlos. «Das solltest du nach all deinen Recherchen inzwischen wissen.» Er steckte das Fläschchen zurück in die Jacke und nahm ein Messer hervor.

Ich wand mich in den Stricken, versuchte, mitsamt dem Beichtstuhl aufzuspringen, doch es klappte nicht. Ich sass fest. Waldemar hielt mir das Messer an den Hals.

Ich musste Zeit schinden, ihn zum Reden bringen. «Wenn es nicht um das Warum geht», sprudelte ich hervor, «dann sag mir wenigstens, wie du es angestellt hast, so lange unentdeckt zu bleiben.»

«Ja, das ist mir gelungen, nicht wahr?», gab er selbstgefällig zurück. «Die ach so armen Opfer leiden zu sehen, hat mich ungemein belebt. Ich töte langsam, musst du wissen, ich will mich möglichst lange an ihrem Leid ergötzen.»

Mir wurde schlecht bei dem Gedanken, was mich erwartete.

«Meiner Leidenschaft nachgehen zu können und dank deines Eifers eine nie gekannte Auflagenerhöhung meiner Zeitung zu erleben, war fast zu schön, um wahr zu sein. Aber du bist zu weit gegangen, rasende Ronja. Du bist mir zu sehr auf die Pelle gerückt. Das mag ich nicht.»

«Ich werd auch bestimmt den Mund halten, wenn du mich gehenlässt», sagte ich schnell.

Er verzog das Gesicht zu einem hämischen Grinsen. «Dein Tod wird die Verkaufszahlen des ‹Abendexpress› ins Unermessliche steigen lassen. Und er wird mir das grösste Vergnügen bereiten.»

Ich spürte die Klinge an meiner Kehle. «Nur noch eins», bat ich, «bevor du zustichst ...»

«Ja?»

Ich hatte eine Bewegung hinter ihm bemerkt, einen unscheinbaren Schatten im fast schwarzen Hintergrund der Kirche. Aber es hatte gereicht, um zu wissen, dass endlich Hilfe gekommen war.

«Ja?», fragte er nochmals.

In diesem Moment stiessen meine Brüder ihn von mir weg, rissen ihm die Waffe aus der Hand und warfen ihn zu Boden. Waldemar fluchte, als er auf dem Steinboden aufschlug. Der Kleinere kam auf mich zu und band mich los, der Grössere hielt Waldemar mit dessen Messer in Schach.

«Wieso um alles in der Welt habt ihr so lange gebraucht?», fragte ich, massierte meine kribbelnden Handgelenke und stand unbeholfen auf.

«Wir waren uns nicht einig, ob es sich lohnte, dich zu retten, oder ob wir nicht lieber das Feuerwerk bestaunen sollten», feixte der Kleinere. «Quatsch, Schwesterherz, wir haben dein SMS im ganzen Tumult zu spät gesehen. Und dann wussten wir auch nicht gleich, was das bedeuten sollte: ‹Wenn ich um elf nicht beim Raclette-Stand bin, sucht mich bei der Kirche.› Ich meine, mal ehrlich, hättest du nicht ein bisschen spezifischer sein können? So im Stil von ‹Treffe mich mit dem Mörder, bitte um brüderliche Hilfe›?»

«Ich war mir nicht sicher», erwiderte ich, nahm die Taschenlampe und richtete den Strahl auf Waldemar, der inzwischen wie ein geschlagener Hund dalag. «Aber jetzt bin ich es. Ruf die Bullen, Kleiner. So eine tolle Story werd ich mein Lebtag nie mehr kriegen.»

Leider sollte ich recht behalten. Die ersten Wochen nach meiner nächtlichen Aktion waren vom journalistischen Standpunkt aus gesehen zwar äusserst befriedigend. Interviews mit den Ermittlern, Berichte von angeblichen Zeugen, Beschreibungen der Tatorte, Hintergrundinformationen über Serienkiller – der «Abendexpress» mauserte sich von einem Lokalblättchen zu einem ernstzunehmenden Medium. Inzwischen war ich Chefredaktorin und beschäftigte vier Mitarbeiter. Auch Monate nach den beiden Morden befand sich die Auflage noch immer auf einem Höhenflug.

Dann kam es, wie es kommen musste. Die Sache geriet langsam in Vergessenheit, ich schrieb wieder über Wohltätigkeitsbazare, Kindergeburtstage und Sonderaktionen. Es fängt an, langweilig zu werden. Ich glaube, ich werde demnächst einen Artikel über einen Leichenfund im Maisfeld verfassen. Als ich das meinen Brüdern erzählt habe, haben sie sogleich eine Flasche Kirsch geöffnet und einmal mehr auf ihre bald dahinscheidende Schwester angestossen. Doch wer weiss, vielleicht bring ich wieder was ins Rollen. Schliesslich bin ich Ronja, die rasende Reporterin.

Mathilda

Mathilda hasste junge Leute.

War der Mensch erst mal über siebzig, wurde er vernünftig. Vorher war nichts mit ihm anzufangen. Mathilda selber zählte achtundachtzig Jahre, was sie jedem, der danach fragte, und leider auch vielen, die nicht danach fragten, mit stolzgeschwelltem Busen mitteilte.

Personen zwischen fünfzig und sechzig hatten den Ehrgeiz, jünger aussehen zu wollen, wofür Mathilda keinerlei Verständnis aufbrachte. Für die solariumgebräunten, fitnessgestählten Körper der Mittvierziger hatte sie nichts übrig. Noch schlimmer waren die Dreissigjährigen. Die verhielten sich, als gehöre ihnen die Welt, selbstsicher und mit beneidenswerter Unbekümmertheit. Die strotzende Gesundheit der Zwanzigjährigen war Mathilda erst recht ein Dorn im Auge, und das hormongesteuerte Getue der Jugendlichen brachte sie an den Rand eines Nervenzusammenbruchs.

Das Unerträglichste jedoch waren Kinder. Die hasste Mathilda von ganzem Herzen. Kinder schrien, sabberten und dreckten, logen, zankten sich, machten alles kaputt und waren von Geburt an: laut, laut, laut. Kinder hatten ihr ganzes Leben noch vor sich. Und das gönnte Mathilda ihnen nicht.

So vermied sie es seit Jahren, mit jüngeren Menschen und insbesondere mit Kindern in Kontakt zu kommen, was ihr erstaunlich gut gelang. Dennoch konnte sie nicht verhindern, dass Anfang Dezember – ausgerechnet in der Adventszeit – eine vierköpfige Familie mit Namen Breitenmoser in die Wohnung über ihr zog, wo bis anhin eine nette, stille Dame gelebt hatte, die geistig etwas zurückgeblieben und frei von jeglichen sozialen Interaktionen gewesen war.

Das Unheil nahm seinen Lauf.

Es begann schon am ersten Morgen. Ein liebevolles «Nickilein!» ertönte vom oberen Stock, ging in ein neckisches «Nicki! Wo bist du?» über, verwandelte sich in ein forsches «Nick!» und dröhnte schliesslich als «Niklaus! Komm sofort her!» durchs Treppenhaus.

Niklaus, der jüngste Spross der verdorbenen Sippe (einen Vater schien es nicht zu geben, was wohl alles erklärte), sah nicht ein, weshalb er dem Befehl Folge leisten sollte, blieb unauffindbar und nötigte so seine Mutter zu immer lautstarkeren Rufen.

Mathilda seufzte und setzte Teewasser auf.

Mutter Breitenmoser schrie durchs Haus, Niklaus lachte hinterher, Mathilda trank ihren Tee mit wachsendem Unmut. Nun doppelten die beiden älteren Geschwister nach, ein ohrenbetäubendes Gelächter, Gejohle und Gebrüll hallte von den Wänden wider.

Mathildas Hand, die die Teetasse hielt, zitterte. Lärm war von allen Prüfungen, die Gott ihr in seiner unergründlichen Weisheit auferlegt hatte, die schwerste. Mathilda spähte durch den Türgucker und sah, wie die Mutter der verkommenen Brut die Holztreppen hinunterstapfte, Niklaus am Hemdkragen hochzog, was dieser mit entrüstetem Gejammer quittierte.

So ging es weiter, Tag für Tag.

Die Breitenmosers übertrafen sich gegenseitig im Krachmachen. Niklaus war harmlos im Vergleich zu seinen Schwestern, bei deren schrillem Gekreische sich

Mathildas Nackenhärchen panisch aufrichteten. Sie schlief nur noch mit Ohrenstöpseln, nachdem sie gemerkt hatte, dass der Radau nachts nicht etwa abnahm, sondern in nie gekanntem Ausmass durchs Gemäuer drang.

Am Abend des zweiten Advents war das Gepolter der Kinderschar wieder einmal besonders nervenaufreibend. Mathilda klopfte mit ihrem Stock gegen die Zimmerdecke. Es nützte nichts. Sie nahm den Telefonhörer in die Hand, wählte die Nummer der Familie über ihr und wartete. Es klingelte zehnmal. Niemand nahm den Anruf entgegen. Nun zog sich Mathilda den Morgenmantel übers Nachthemd und stapfte die Treppen hoch. Aus dem Innern der Breitenmoser'schen Wohnung war ein Kreischen und Hämmern zu hören.

Mathilda läutete.

«Wer ist das?», rief eines der Mädchen.

«Schau halt nach!», gab die Mutter zurück.

Die Tür wurde aufgerissen, und das jüngere der Mädchen starrte mit rotzverschmierter Nase zu Mathilda hoch. «Was willst du?»

«Es ist zu laut», brachte Mathilda mit zusammengepressten Lippen hervor. «Und ältere Leute duzt man nicht.»

«Was?», schrie das Mädchen, um das Poltern zu übertönen, das so klang, als zerlege jemand das Mobiliar. Dann erklärte es: «Nicki baut ein Schiff.»

Das interessierte Mathilda nicht im Geringsten. Von ihr aus konnte Nicki ein Raumschiff bauen und mit seinem ganzen Rudel zum Mars fliegen. Oder noch besser zum Pluto. «Es ist zu laut!», sagte Mathilda, und weil die

Kleine sie verständnislos anstarrte, doppelte sie nach: «Ihr! Ihr seid zu laut!»

«Warum brüllst du denn so?»

«Ich brülle nicht! Und ältere Leute duzt man nicht!»

«Ich bin ja gar nicht älter.»

Mathilda verdrehte die Augen. «Grundgütiger! Schwer von Begriff bist du auch noch.»

In diesem Moment kam die Mutter hinzu und sagte: «Unterstehen Sie sich, meine Tochter zu beleidigen. Was wollen Sie überhaupt? Erst schlagen Sie mit ihrer Krücke – »

«Krücke?», empörte sich Mathilda. «Ich habe keine Krücke, ich habe einen Gehstock!»

«... von mir aus mit Ihrem Gehstock gegen die Zimmerdecke, dass unser Parkettboden nur so wackelt, danach rufen Sie uns unentwegt an, und jetzt kommen Sie noch persönlich zu uns hoch.»

«Sie haben gewusst, dass ich es war, die angerufen hat?»

«Natürlich.»

«Wieso haben Sie dann nicht abgenommen?»

«Was denken Sie denn? Solche alte, frustrierte Schachteln wie Sie kenne ich. Ich lass mir doch nichts vorschreiben.»

«Wie können Sie es wagen – »

«Was?», blaffte Mutter Breitenmoser. «Sie wollen Kinder, die keinen Mucks machen? Totenstille? Ich kann Ihnen sagen, wo Sie Ihre Totenstille finden ...»

«Im Sarg!», prustete das Mädchen.

Die Mutter schaute ihre Tochter belustigt an. «Ich meinte zwar das Altersheim, aber du hast nicht ganz unrecht.»

Mathilda verschlug es die Sprache.

«Und jetzt lassen Sie uns in Ruhe!» Die Frau zog ihr Kind in die Wohnung und schloss die Tür hinter sich.

Mathilda blieb verdattert stehen. Sie suchte nach einer spitzen Abschlussbemerkung, um nicht als komplette Verliererin vom Schlachtfeld zu ziehen. Leider fand sie keine. Entrüstet drehte sie sich um und stieg die Treppe hinunter. «Ruhe …», murmelte sie, «Ruhe.»

Dann hatte sie sie gefunden, die spitze Abschlussbemerkung. So vorwurfsvoll sie konnte, rief sie durchs Treppenhaus: «Ruhe ist ein Begriff, der im beschränkten Wortschatz Ihres Quadratschädels gar nicht existiert!» Das klang gut. Leider ging es im Gekreische aus der Breitenmoser'schen Wohnung völlig unter.

Mathilda konnte fast die ganze Nacht nicht schlafen, so aufgewühlt war sie. Während sie sich in den Federn hin und her wälzte, wurde sie von Rachephantasien heimgesucht. Sie sah einen Taifun aufs Haus zuwirbeln, der das obere Stockwerk mit all seinen Bewohnern wegfegte, sie selbst aber unversehrt liess. Sie stellte sich einen Meteoriten vor, der zielgenau die Störenfriede auslöschte, ihr selber aber kein Härchen krümmte. Sie kreierte Lawinen, Überschwemmungen, Wind und Wetter, Blitz und Donner sowie Hagelkörner so schwer wie Ambosse. Als sie sich eine Weile den befriedigenden Bildern der Naturkatastrophen gewidmet hatte, wurde sie persönlicher. Sie malte sich aus, wie sich ihre runzligen Hände um blasse Kinderhälse legten und zudrückten. Sie sah sich kleine Leichen verscharren und unschuldig lächeln, wenn die Polizei käme, um nach den Vermissten zu suchen. Sie quartierte im Geiste im oberen Stock eine taubstumme ältere Dame ohne Familienanhang ein, was die himmlische Ruhe im Haus vollendete, dann döste Mathilda kurz vor dem Morgengrauen ein.

Beim Frühstück schämte sie sich ihrer nächtlichen Phantasien. Sie war doch ein guter Mensch, ein gottesfürchtiger. Sie betete jeden Tag für die Bedürftigen in Afrika und die Leprösen in Indien. Das Einzige, was sie vom Leben noch erwartete, war ein stiller, ereignisloser Lebensabend. Das war doch nicht zu viel verlangt, oder?

Als das Geschrei über ihr wieder losging, verblassten ihre Schamgefühle und wandelten sich erst in Ärger, dann in Wut, dann in heiligen Zorn, wie ihn auch Jesus gegenüber den Pharisäern gezeigt hatte. Mathilda wusste zwar nicht genau, was das mit ihrer Situation zu tun hatte, aber der Gedanke war tröstlich, dass auch Gottes Sohn die Kontrolle irgendwann verloren hatte.

Nach drei Wochen Breitenmosers war Mathilda mit den Nerven am Ende. Sie bekam Schlafstörungen, nervöse Ticks und verlor ihren Appetit. Sie musste etwas tun.

Etwas Klares, Durchgreifendes, Entscheidendes. Etwas Finales.

Am dritten Advent keimte eine Idee in ihr, als sie durch den Türspäher Mutter Breitenmoser beobachtete, die einen riesigen Weihnachtsbaum das Treppenhaus hinaufschleppte, der hinter sich her nadelte. Nach ein paar Minuten kam die Frau wieder herunter, Mathilda hörte es vom Keller her rumoren, danach trug die Breitenmoser vollgepackte Kartonschachteln hoch, aus denen Christbaumkugeln, Lametta und ein Stern mit spitzen Zacken – mit sehr spitzen Zacken – lugten. Den ganzen Tag hörte Mathilda es von oben scheppern und kratzen und stellte sich vor, wie die Frau den Baum dekorierte, die glänzenden Kugeln und Figürchen an die Äste hängte und schliesslich den Stern mit den spitzen Zacken – den sehr spitzen Zacken – zuoberst aufsetzte.

So ein Stern konnte gefährlich sein, das wusste jeder. Immer wieder hörte man von herunterfallenden Christbaumsternen, die Unschuldige aufspiessten, ja von ganzen Familien, die tragisch in den Tod gerissen wurden.

Mathilda hatte sich einen Plan zurechtgelegt und blühte auf. Die Tage vergingen, es wurde Heiligabend. Mathilda zog ihr Festtagskleid an, frisierte sich sorgfältig und trug sogar einen Hauch Lidschatten auf, etwas, das sie seit Jahren nicht mehr getan hatte. Sie holte tief Atem, sprach sich innerlich Mut zu und stieg die Treppen hoch, bepackt mit den Geschenken, die sie in den letzten Tagen gekauft hatte. Sie klingelte. Aus der Feindeswohnung war Klaviergeklimper zu hören, begleitet von unsäglichem Blockflötenquietschen. Entfernt erinnerte es an «Stille Nacht».

Mathilda lächelte. Ja, still würden sie bald werden, die Nächte.

Die Katzenmusik brach ab, die Tür wurde geöffnet. Frau Breitenmoser starrte zuerst entrüstet auf Mathilda, dann entdeckte sie die Pakete und kniff irritiert die Augen zusammen.

«Es tut mir leid», murmelte Mathilda so einschmeichelnd sie konnte, «dass wir einen so schlechten Start hatten. Ich bin hier, um die Heilige Christennacht zum Anlass für zwischenmenschliche Versöhnung zu nehmen.» Das war etwas gar dick aufgetragen, verfehlte aber nicht seine Wirkung.

«Das kommt ... äh ... unerwartet.» Mutter Breitenmoser lächelte verunsichert. «Aber es ist sehr freundlich von Ihnen. Möchten Sie auf ein Stück Kuchen hereinkommen?» Es klang, als hoffe sie, Mathilda würde ablehnen.

«Gern», sagte Mathilda schnell. «Obwohl ich an diesem besonderen Abend eigentlich nicht stören möchte. Aber ich habe ein paar Kleinigkeiten für Ihre Kinder.» Mathilda warf einen Blick ins Wohnzimmer, wo der Weihnachtsbaum stand, umgeben von bunten Päcklein in allen Farben, behängt mit Lametta, bestückt mit elektrischen Kerzen, beladen mit Schokoladentannzapfen. Zuoberst prangte der Stern.

«Sie stören nicht wirklich. Ich meine, Sie stören ... nicht. Bitte treten Sie ein.»

Mathilda folgte ihr, begrüsste die drei Kinder, die ihre Instrumente sofort vergassen und auf Mathildas Geschenke gierten. Mathilda überreichte sie ihnen. Sie rissen das goldglänzende Papier auf, fanden Malstifte, Büchlein und Plastikspielsachen. Währenddessen reichte ihr die Mutter einen Teller mit Streuselkuchen. Mathilda nahm ein Stück auf die Gabel, schob es in den Mund und musste sich widerwillig eingestehen, dass die Breitenmoser gut backen konnte.

Die Situation war mehr als peinlich. Die Kinder starrten Mathilda an, als erwarteten sie noch mehr Geschenke, ihre Mutter stand unschlüssig herum, Mathilda hielt den Teller in der einen und die Gabel in der anderen Hand und ass den Kuchen im Stehen. Ein Platz wurde ihr nicht angeboten – wie unhöflich! Aber darüber wollte sie sich nicht aufregen, sie hatte schliesslich eine Mission.

Sie ging ein paar Schritte, machte einige lobende Bemerkungen über den festlich geschmückten Baum, linste zum Stern hoch und fand ihn goldrichtig für ihr Vorhaben.

Die Kinder begannen wieder herumzutoben, wie sie es immer taten. Die Mutter mahnte erfolglos zu Besinnlichkeit, Mathilda näherte sich dem Baum. Nicki zerrte das goldene Geschenkpapier einer quadratischen Schachtel weg, das mittlere Mädchen griff zur Flöte und fragte: «Soll ich dir ‹Oh, Tannenbaum› vorspielen?»

Bevor Mathilda ablehnen konnte, hallten die falschen Töne durch die Wohnung. Mutter Breitenmoser schaute liebevoll auf ihr Gör. Das grössere liess sich die Gelegenheit nicht entgehen und steuerte ein paar schräge Klaviertöne bei. Der Junge stiess ein begeistertes «Wow!» aus, als er den Inhalt seines Päckchens entdeckte – irgendetwas Elektronisches, das Mathilda noch nie in ihrem Leben gesehen hatte – und Mutter Breitenmoser machte sich daran, ihren Kindern ebenfalls Kuchenstücke zu verteilen. Die Kinder rissen Paket um Paket auf, lachten, hopsten herum, krümelten mit dem Streuselkuchen und achteten nicht weiter auf Mathilda.

Diese hatte sich inzwischen strategisch gut plaziert, berechnete die Flugbahn des Sterns, dann griff sie sich ans Herz und stöhnte ein bisschen lauter als beabsichtigt, aber der vorherrschende Geräuschpegel liess ein dezentes Leiden nicht zu.

«Was ist mit Ihnen?» In Mutter Breitenmosers Gesicht stand die Frage geschrieben, warum die Alte nicht endlich abhaute.

«Mein Kreislauf», krächzte Mathilda. «Mir ist schwindlig. Vielleicht sollte ich …» Sie machte einen geschickten Tritt zur Seite, stolperte über einen roten Spielzeugkran am Boden, schaute kurz zur Krone des Baumes hoch und wusste: Ihr Plan würde gelingen. Eins dieser kleinen Monster würde vom Stern getroffen werden. Alle wären in Sorge und Bange, würden schweigen und auf Genesung hoffen – oder schweigen und trauern. Je nachdem, wie gut der Weihnachtsstern seine Arbeit verrichtete. Auf jeden Fall würde Ruhe herrschen.

Mathilda manövrierte sich in Schräglage, als sei sie kurz vor dem Zusammenbruch, und rollte mit den Augen. Dann liess sie sich nach hinten fallen. Sie fühlte die Christbaumnadeln in ihrem Rücken, nahm gerade noch erfreut wahr, wie Nicki zur Seite sprang, genau an den Ort, wo der Stern landen würde, dann knallte sie auf den Boden. Mutter Breitenmoser kam herbeigeeilt, die Mädchen kreischten, Nicki sah erschreckt hoch, der Baum kippte, der Stern löste sich.

Sauste nach unten.

Traf den Kopf.

Blieb stecken.

Es wurde schwarz um Mathilda. Einen Sekundenbruchteil spürte sie den stechenden Schmerz, als die Zacke – die sehr spitze Zacke – des Weihnachtssterns hinter ihrem Ohr in ihren Schädel drang. Dann war es vorbei. Ihre Seele löste sich federleicht von ihrem Körper, glitt aus der dichten Materie in die Freiheit. Von oben sah sie ihre verdrehten Glieder unter den Ästen liegen, ihre leere Hülle, die nun nicht mehr wichtig war. Christbaum und Breitenmosers verschwammen, lösten sich auf, die Umgebung verschwand. Mathilda war frei von irdischen

Fesseln. Es war wunderbar. So schön ruhig, genau so hätte sie es sich zu Lebzeiten gewünscht. Aber nun war sie hier, und es war gut. Einfach himmlisch. Sie schwebte dem Licht entgegen. Erkannte die hellen Gestalten, die sie in Empfang nehmen würden. Zuerst noch schemenhaft, dann klarer. Zartgliedrige, feine Wesen. Engel? Sie waren klein wie Kinder.

Kinder?

Tatsächlich.

Mathilda hasste Kinder, ob irdisch oder himmlisch! Das musste ein Irrtum sein, das konnte Gott ihr nicht antun. All die Gebete für die Armen und Aussätzigen, das musste ihr doch angerechnet werden. Das Licht wurde wärmer, heller, intensiver, ging langsam ins Rötliche über. Die Kinder kamen näher. Schauten nicht friedvoll und engelhaft, sondern frech und unverschämt. Genau wie die kleinen Racker auf der Erde. Sie begannen zu spotten, herumzuhüpfen und Radau zu machen. Lauter und immer lauter. Der Lärm wuchs, nahm unerträgliche Ausmasse an und füllte das ganze Jenseits. Mathilda wurde es speiübel. Das durfte einfach nicht wahr sein!

«Ich brauche Ruhe!», schrie sie mit ihrem körperlosen Mund ins gleissende Rot. «Wenn das der Himmel ist, verzichte ich darauf! Lieber geh ich in die Hölle.»

«Das bist du, meine Liebe», gab eine metallisch-kalte Stimme zurück, «das bist du.»

Wieder wurde es schwarz um Mathilda.

Dann kam der Schmerz zurück. Sie spürte einen Verband um den Kopf, hörte in der Ferne ein Piepsen wie von einem Pulsmesser, roch Desinfektionsmittel. Sie öffnete die Augen. Erblickte weisse Wände und ein kahles Zimmer. Dann hörte sie jemanden flüstern: «Sie ist zu sich gekommen.»

Mathilda drehte sich um und schaute auf den Mann im weissen Kittel. «Bin ich tot?»

«Aber nein, meine Liebe, Sie sind hier zur Genesung. Zum Glück hat Ihr Unfall keine bleibenden Schäden nach sich gezogen.»

Ein stechender Schmerz fuhr ihr vom Hinterkopf in den Nacken bis in den Rücken. «Liege ich im Spital?»

«Sie sind im Altersheim ‹Bergfriede›, gute Frau. Und da werden Sie auch bleiben. Sie waren lange Zeit im Koma. Die Familie Breitenmoser, die über Ihnen wohnt, war so freundlich, einen Nachmieter für Ihre Wohnung zu suchen.»

Erst jetzt hörte Mathilda den Lärm. Von allen Seiten dröhnte es in ihr Zimmer. Fernseher, Radios, unerträglich laute Stimmen. «Was ist das?», fragte sie kraftlos.

«Das sind Ihre lieben Mitbewohner», gab der Arzt zurück. «In Ihrem Alter sind die meisten etwas schwerhörig.»

Je mehr Mathilda zu Bewusstsein kam, desto intensiver drang der Lärm in ihre Ohren. Handharmonikaklänge eines Volksliedes in übersteigerter Lautstärke, Cellos und Pauken aus einem anderen Radio. Dann Nachrichten, Werbung und Geplapper aus Talkshows, falsche Chorgesänge und seniles Gelächter. Hundertmal schlimmer als die Breitenmosers.

«Wann ist Weihnachten?», brachte sie hervor. Diesmal würde sie es richtig machen.

«Wie bitte?», wunderte sich der Arzt.

«Ich brauche einen Christbaumstern», sagte Mathilda, «einen mit spitzen Zacken.»

Die Telepathin

Als sich meine Fähigkeit zum erstenmal zeigte, war ich neun. Seitdem kann ich Gedanken lesen. Ich bin in Talkshows aufgetreten, von Hirnforschern untersucht und von Om-summenden Esoterikern für ihre Zeitschrift «Mystericum» interviewt worden – niemand hat die Ursache für meine Gabe herausgefunden. Sie war einfach da, von einem Tag auf den anderen.

An meinem neunten Geburtstag bekam ich von meiner Tante Hilde eine pädagogisch wertvolle und anatomisch korrekte Puppe geschenkt. Vor Schreck erstarrt – denn die Puppe war genaugenommen ein Pupperich namens Herbert –, blieb ich mit offenem Mund stehen und glotzte auf das Anhängsel zwischen Herberts Beinen. So etwas hatte ich noch nie gesehen, war ich doch mit drei Schwestern und ohne Vater und Brüder aufgewachsen. Tante Hilde wartete auf meinen Begeisterungsausbruch, der verständlicherweise ausblieb. Das war der Moment, an dem mir klar wurde, dass irgendetwas nicht so war, wie es sein sollte. Denn die spröden Lippen von Hilde blieben verschlossen und verkniffen, während ich sie laut und deutlich sagen hörte: «Undankbares Gör.»

Schnell reimte ich mir zusammen, was da mit mir geschehen war: Aus irgendeinem Grund konnte ich die Gedanken meiner Tante lesen. Und nicht nur ihre, wie sich kurz darauf herausstellte, sondern die aller Menschen. Ob ich wollte oder nicht.

Die meisten Leute stellen diese Fähigkeit auf die gleiche Stufe wie fliegen, sich unsichtbar machen oder durch Wände gehen können. In Wirklichkeit ist das Ganze viel langweiliger. Um nicht zu sagen eine Plage. Kaum jemand denkt in grammatikalisch vollständigen Sätzen, die auch nur andeutungsweise einen Sinn ergeben oder wenigstens unterhaltsam wären. Was ich tagaus, tagein aufschnappe, ist die reinste Kakophonie.

An diesem Nachmittag war das interne Geschwafel der Menschheit wieder einmal besonders ausgeprägt. Sei es wegen des Vollmondes, des Föhns oder aufgrund anderer Heimsuchungen. Ich sass von Altstetten her kommend in einem 2er-Tram Richtung Zürcher Innenstadt. Es war heiss, die Sonne brannte durch die Fenster.

«Mutti anrufen, Mutti anrufen», raunte es mantragleich hinter der Stirn des Mannes, der mir gegenüber sass. Seine Aktenmappe drückte er so krampfhaft an sich, dass ich seine Erzeugerin bildlich vor mir sah. Neben ihm versuchte eine rothaarige Dame verzweifelt, sich an die zweite Strophe eines alten Schlagers zu erinnern. Erstaunlich viele Menschen singen innerlich. In der Weihnachtszeit ist «Jingle Bells» beliebt, während der Fussballmeisterschaft «We are the Champions» und in wirtschaftlich bedenklichen Zeiten wie diesen «Money, Money, Money».

Das Tram hatte gerade das Bezirksgebäude hinter sich gelassen und quietschte um die Kurve. Inzwischen hatte die Rothaarige ihren Songtext gefunden und trällerte in ihrem Kopf falsch und ohne jegliches Rhythmusgefühl «...ein knallrotes Gummiboot». Daneben dröhnten dutzendfach innere Monologe, Grübeleien und Beschimpfungen in meine Ohren. Ich sagte ja, das Ganze ist ein Übel.

Wir hielten an der Sihlstrasse. Zwei Jungs mit Skateboards stürzten ins Tram. Eine Mutter packte einen Taschenventilator aus und richtete den Luftwirbel auf ihren pausbackigen Säugling, was dieser mit empörtem Heulen quittierte. Sie dachte: «Nicht schon wieder dieses Geplärre!», Pausbäckchen dachte: «Hinweg mit dieser Windmaschine!»

Dann stieg der Mann ein, der das Unheil mit sich brachte.

Ich merkte es im selben Moment, als er das Tram betrat. Es war ein hagerer Typ mit kurz geschorenem Haar, das in Form und Farbe an ein Stoppelfeld erinnerte. Seine Augen lagen tief in den Höhlen über seiner Hakennase, sein Adamsapfel stand hervor. Er warf mir einen kurzen Blick zu, und ich verspürte einen Stich im Magen. Der Typ kam mir vertraut vor, aber ich konnte ihn nicht einordnen. Nervös schaute er sich um, und ich meinte im ersten Augenblick, einen Schwarzfahrer vor mir zu haben, der sich vor der Billettkontrolle in acht nahm.

Bis ich hörte, was er dachte. Ich traute meinen Ohren nicht.

Der Hagere hatte einen freien Platz gefunden, setzte sich etwas weiter vorn schräg vor mich, so dass ich ihn im Blick hatte. Ich starrte ihn an. Seine Gedanken hallten laut durch meine Gehörgänge und übertönten die mentalen Fetzen und Fragmente aller anderen Fahrgäste.

«Ich töte sie!», machte es in seinem Kopf. «Ich lege dieses Weib um!»

Im Gegensatz zu den häufig vorkommenden Gewaltphantasien der Durchschnittsbevölkerung, die nur der Stressreduktion dienen, spürte ich sofort, dass dieser Typ es ernst meinte: Er war auf dem Weg, einen Mord zu begehen.

Normalerweise kümmere ich mich nicht um das Innenleben derjenigen, die ich ungewollt belausche. Doch jetzt musste ich handeln. Wer, wenn nicht ich, konnte diese Tat verhindern?

Der Mann fuhr nur eine Station und stieg am Paradeplatz aus. Kurzerhand folgte ich ihm.

Während er Richtung Limmat ging, stellte ich mir die Frau vor, die in Gefahr schwebte: blond, schlank und schön, auf wackligen Stilettos. Wahrscheinlich hiess sie Jenny. Ich seufzte, als ich realisierte, dass ich zu viele schlechte Krimis gelesen hatte. Doch das war kein Grund, der Frau nicht das Leben zu retten.

Der angehende Mörder marschierte zielstrebig über den Münsterhof und schlängelte sich zwischen den parkierten Autos hindurch. Er kam am Eckcafé vorbei und bog links ab. Ich erreichte nur wenige Sekunden nach ihm die Storchengasse – da war er verschwunden. Einfach wie vom Erdboden verschluckt. Ich blieb stehen und schaute mich um. Ein paar asiatische Touristen trippelten hintereinander her. Eine bekannte Zürcher Modedesignerin, in schwarze, wallende Gewänder gehüllt, rauschte an mir vorbei. Zwei Kinder pressten ihre Nasen ans Schaufenster der nahen Confiserie.

Kein hagerer Typ mit Mordabsichten.

Mist. Wohin hatte er sich so schnell verzogen? Hatte er die Frau bereits in seiner Macht? Was sollte ich bloss tun?

In diesem Moment zerriss ein Schrei die Stille. Ich schnellte herum.

Er war aus dem Keller eines Hauses gekommen. Ich horchte, doch der Laut wiederholte sich nicht. Mit klopfendem Herzen ging ich die Schlüsselgasse Richtung St.-Peter-Kirche hoch. Aufs Geratewohl drückte ich die Türklinke des Altstadthauses, dem ich am nächsten stand, hinunter. Der Eingang war nicht verschlossen. Ich trat in ein düsteres Treppenhaus, das nach altem Ölofen roch. Durch ein kleines Fenster drang ein Lichtstreifen, in dem Staubfusseln tanzten. Hölzerne Stufen, in der Mitte abgewetzt, führten nach oben. Rechts war eine Tür mit einem altmodischen Riegel, die vermutlich zum Keller ging.

Ich spitzte die Ohren, da hörte ich den Schrei erneut. Diesmal lag ein Unterton darin, der mir eine Gänsehaut über den Rücken jagte: Verzweiflung und Panik. Er kam definitiv von hinter der Kellertür.

Da stand ich nun, trockener Mund, Herzrasen, Magensausen – das ganze Programm –, und fragte mich, was ich hier überhaupt tat. Ich meine, ich kann zwar Gedanken lesen, aber ich bin nicht Superwoman. Falls ein Perversling in einem düsteren Verlies Jenny bedrohte, war ich die Letzte, die in einer spektakulären Rettungsaktion die Lage unter Kontrolle brächte. Ich beherrsche weder Judo, noch Aikido, Karate oder Origami und bin schon immer von schmächtiger Statur gewesen. Ehrlich gesagt, habe ich eine Hühnerbrust.

Eine Sekunde zögerte ich, dann gab ich mir einen Ruck. Leise öffnete ich die Kellertür. Augenblicklich drang ein muffiger Geruch nach altem Stoff und Mottenkugeln in meine Nase. Eine Funzel hing an der Decke und beleuchtete die Treppe, die nach unten führte. Ich stieg die Stufen hinunter und wünschte mir, ich hätte eine Waffe dabei gehabt. Nicht gerade eine Pistole, damit hätte ich nicht umgehen können, aber vielleicht ein Messer, einen Pfefferspray oder wenigstens eine Stricknadel.

Noch war der Mann zu weit entfernt, als dass ich hätte hören können, was er dachte. Von der Frau war nichts zu vernehmen. Doch mit jedem Schritt, den ich machte, verstand ich die Gedanken des Hakennasigen besser.

«Ich töte sie», dachte er wie zuvor im Tram. «Ich bring sie um.»

Wirklich neu und kreativ war das ja nicht. Aber immerhin wusste ich jetzt, dass er den Mord noch nicht begangen hatte.

Ich trat auf die unterste Treppenstufe. Jetzt bog der Gang nach links ab. Ich linste um die Ecke und erhaschte einen Blick auf einen unterirdischen Gewölbekeller, dessen hinteres Ende in der Dunkelheit verschwand. Mitten im Raum stand ein überdimensionaler Vogelkäfig. Er war aus rostigem Metall und hätte mehreren ausgewachsenen Menschen Platz geboten. Die dünnen Stäbe wirkten im Dämmerlicht wie die Knochen einer Skeletthand. Auf einer Stange quer durch den Käfig hockte ein schwarzer Vogel. Er war grösser als ein Rabe, hatte etwas Geierhaftes an sich, einen gebogenen Schnabel, einen Buckel und zerzaustes Gefieder. Er starrte mich unverwandt an. Mich schauderte. Plötzlich legte der Vogel seinen Kopf schräg und gab einen schrillen Ton von sich.

Und jetzt verstand ich.

Was ich draussen für den Schrei einer Frau gehalten hatte, war das Kreischen dieses Tieres gewesen. Wieder stiess der Vogel seinen Ruf aus, es klang anklagend und böse. Ich konnte meinen Blick nicht von dieser Szene abwenden.

Darum nahm ich die Bewegung hinter mir zu spät wahr. Ein Schatten huschte über die Wand, ein Zischen ertönte. Ich wirbelte herum. In einem Sekundenbruchteil erkannte ich den Hakennasigen. Dann spürte ich einen Schlag auf meinen Kopf und sah nur noch Sternchen.

Als ich wieder zu mir kam, brummte mein Schädel. Ich hatte eine riesige Beule. Ich berührte die Stelle, fühlte getrocknetes Blut. Streifen und Linien tanzten vor meinen Augen, bis ich merkte, dass es die Stäbe des Käfigs waren.

Von innen.

Der unheimliche Vogel war verschwunden. Und ich war im Vogelkäfig eingesperrt. Mein Puls galoppierte. Ich rappelte mich hoch, sprang zur Käfigtür und wollte sie aufstemmen. Sie liess sich nicht öffnen. Ich rüttelte daran, rief um Hilfe, doch meine Stimme verklang kläglich im Gewölbekeller. Instinktiv grabschte ich nach meinem Handy und schaute aufs Display. Kein Empfang hier unten.

Da löste sich aus dem Halbdunkel eine Gestalt und kam auf mich zu. Es war der Hakennasige.

«Diesmal», sagte er, «bist du die Gefangene.» Seine Stimme war rauh, als würde er sie nicht oft gebrauchen.

«Was soll das?», rief ich. «Wer sind Sie? Was wollen Sie von mir?»

Er kam näher und umklammerte mit seinen dürren Fingern die Käfigstäbe. «Du erinnerst dich nicht mehr?»

Ich zermarterte mir das Hirn, wo ich ihn schon einmal getroffen haben könnte, doch ich kam nicht darauf. Ich versuchte, seine Gedanken zu lesen, aber da war nur eine klaffende mentale Leere.

«Hilft das deinem Gedächtnis vielleicht weiter?» Er griff in seine Hosentasche, holte ein Goldkettchen hervor und liess es vor mir hin und her baumeln.

Mein Schock war gewaltig. Der Anhänger der Kette war oval und zeigte einen kleinen Schutzengel, wie er Kindern geschenkt wird. Er war an den Rändern etwas abgeschabt, als wäre er schon alt. Was er auch war. Ich kannte die Kette, verdammt. Die Vergangenheit hatte mich eingeholt.

«Thomas?», stiess ich ungläubig hervor.

Er grinste verschlagen. «Ich sehe, du beginnst zu verstehen.» Seine Gesichtszüge hatten sich, seit er ein Jugendlicher gewesen war, verändert. Seine Augen waren stumpf geworden, seine Haut war fahl. Er hatte einen leicht nekrophilen Zug um die Mundwinkel. Jetzt, da er so nah bei mir stand, roch ich seinen fauligen Atem.

«Du willst dich rächen?», krächzte ich und konnte nicht verhindern, dass ich wirkte wie das Karnickel vor der Klapperschlange.

Er versorgte die Kette wieder in seiner Tasche und verschränkte die Arme. «Wer wird denn gleich so pathetisch sein. Ich will nur etwas Spass mit dir haben. Diesmal bist du die Gefangene.»

«Das sagtest du schon.»

Er kniff die Augen zusammen. «Schweig, verfluchte Telepathin. Jetzt hab ich das Sagen.»

«Ist ja gut, Thomas. Was willst du? Was passiert ist, ist passiert. Niemand kann es ungeschehen machen.»

Er schnaubte. «Keine blöden Sprüche! Du hast mir das Leben versaut! Wegen dir hab ich zehn Jahre gesessen.»

«Es tut mir leid, Thomas, ich konnte doch nicht wissen, dass – »

«Halt dein Maul! Es tut dir nicht leid. Du hattest schon als kleines Ding diesen Hang zu Gerechtigkeit und Ehrlichkeit.» Er spie die Worte aus wie verdorbenen Fisch.

Ich schielte zur Käfigtür.

Er merkte es. «Vergiss es. Du kommst hier nicht raus.»

«Was hast du mit mir vor?»

«Ich sagte schon, ich will meinen Spass. Weisst du überhaupt, wie das Leben im Knast ist?»

«Ich bekomme gerade eine Idee davon.»

«Keine Ahnung hast du!», schrie er und spuckte eine Fontäne Speicheltröpfchen in meine Richtung.

Ich spürte den feuchten Film auf meinem Gesicht. «Hör zu, Thomas. Ich verstehe, dass es schwierig für dich war, all die Jahre in Haft zu verbringen, doch du hast schliesslich nicht unschuldig gesessen. Immerhin war es Mord.»

Er zuckte zusammen bei dem Wort. Dann zischte er: «Du hast mich verpfiffen.»

«Verpfiffen? Thomas, du hast sie getötet – sie war noch ein kleines Kind!»

«Ich auch.»

«Du warst neunzehn.»

Er winkte unwillig ab. «Ich stand unter Druck. Sie hat mich ausgelacht, immer wieder. Wie ihr alle im Dorf. Da ist es mit mir durchgegangen. Und dann kamst du, eine rotznasige Zehnjährige, und sagtest: ‹Ich kann hören, was du denkst. Ich weiss, dass du's warst.›» Er schloss gequält die Augen.

Was sollte ich darauf antworten? Ich war damals zu Tode erschrocken, als ich immer wieder den Satz «Ich bringe sie um» aus Thomas' Innerem gehört hatte. Dann wurde die Leiche der kleinen Rebekka gefunden. Hinter dem Kindergarten notdürftig im Sandkasten vergraben. Ihr Kettchen war ihr vom Hals gerissen worden. Die Polizei sprach von einem Trophäenmörder, der persönliche Gegenstände seiner Opfer sammelte. Am nächsten Tag vernahm ich Thomas' Gedanken erneut. Da wusste ich es. Mein Onkel Toni war Polizist und glaubte mir, obwohl ihm schleierhaft war, wie ich den Mörder entlarvt hatte.

Ich liebte Onkel Toni, er war humorvoll und kreativ und sagte mir mehr als einmal, er hätte gern eine Tochter wie mich gehabt. Allerdings entschied er sich später für die kriminelle Laufbahn. Kurz nachdem er den Fall Rebekka gelöst hatte, verschwand er spurlos. Und mit ihm die Gemeindekasse. Die ersten Monate nach dem Mord war das ganze Dorf in Aufruhr, aber bald begannen die Leute zu vergessen. Die Jahre vergingen, Thomas war weggesperrt worden, und irgendwann wusste ich nicht einmal mehr, wie er ausgesehen hatte.

«Vor zwei Wochen wurde ich entlassen», riss mich Thomas aus den Erinnerungen. «Und heute habe ich dich im Tram entdeckt.»

«Du meinst wohl mich abgepasst. Du hast Mordgedanken ausgesandt, damit ich dir auf den Leim krieche und versuche, deine Untat zu verhindern.»

«Scheint geklappt zu haben.» Er grinste selbstgefällig. «Da bist du. Es gibt kein armes Opfer, dem du helfen könntest. Nichts, das du danach der Polizei zu erzählen hast.»

Mir kam die blonde, hochhackige Jenny in den Sinn, die ich mit meiner nichtvorhandenen Stricknadel heldenhaft hatte retten wollen.

In diesem Moment flatterte der schwarze Rabengeier, oder was immer das für eine Kreatur war, aus den Untiefen des Kellers herbei. Thomas streckte den Arm aus, das Tier landete darauf. Es hatte einen unverkennbar hungrigen Zug um den Schnabel.

Thomas starrte mich an. Der Vogel starrte mich an.

Ich machte mich auf ein baldiges, unerquickliches Ende gefasst.

«Wohnst du hier?», fragte ich, nur um etwas zu sagen. Ich hörte mich inzwischen an wie eine heisere Hyäne.

«Ich habe den Keller gemietet. Mach dir keine Hoffnungen. Hier runter kommt niemand. Die Tür ist abgeschlossen. Das Fenster ist jetzt zu. Niemand hört deine Schreie. Versuch's. Na los, brüll, so laut du kannst!»

Ich glaubte ihm und schrie nicht. «Wann willst du denn anfangen, Spass mit mir zu haben?»

«Ist bereits in vollem Gange», gab er zurück. «Fehlt nur noch der Höhepunkt.»

Die Zweideutigkeit dieses Wortes entging mir nicht. Doch was auch immer auf mich zukam, ich würde mich wehren und nicht kampflos sterben.

Thomas öffnete die Käfigtür und liess den Vogel herein. Dann verschloss er den Käfig wieder.

«Thanatos ist seit Tagen nicht gefüttert worden», sagte er. «Er ist sowohl ein Räuber …»

Ich wich nach hinten, während der Vogel wild mit den Flügeln schlug.

«… als auch ein Aasfresser. Er wird nichts übrig lassen.»

Thanatos peilte mich im Sturzflug an, ich hechtete im letzten Moment zur Seite. Der Vogel verpasste mich um Haaresbreite und knallte an die Stäbe. Verstört flatterte er auf. Eine schwarze Feder segelte zu Boden. Ich blickte rasch zu Thomas. Der stand mit verschränkten Armen da und betrachtete das Schauspiel. Thanatos ging erneut zum Angriff über. Mit dem Schnabel pickte er auf mich ein. Ich schlug ihn weg und sprang quer durch den Käfig. Wieder hackte sein spitzes Fresswerkzeug auf meinen Körper ein. Seine Krallen griffen nach mir, packten mich, ritzten meine Haut auf. Von meinem Unterarm tropfte Blut. Das schien den Vogel noch mehr anzutreiben. Seine Augen waren erbarmungslos auf mich gerichtet, er flatterte auf, stürzte sich wieder auf mich. Ich wehrte ihn ab, schützte meinen Kopf, schrie vor Schmerz, als er mich im Nacken erwischte. Mit einem kräftigen Hieb fegte ich ihn von mir. Der Schweiss lief mir übers Gesicht, ich atmete stossweise und versuchte vergeblich, einen Ausweg zu finden.

«Thomas!», keuchte ich zwischen zwei Attacken. «Lass mich raus! Mein Tod bringt dir deine verlorenen Jahre nicht wieder zurück.»

Er antwortete nicht.

Thanatos wurde aggressiver. Er verfolgte jede meiner Bewegungen und hieb blindlings nach mir. Inzwischen hatte ich etliche Kratzer und Striemen an meinem Körper, war aber noch nicht ernsthaft verletzt. Der Adrenalinausstoss überdeckte jeglichen Schmerz. Ich funktionierte wie eine Maschine.

Aus dem Augenwinkel sah ich, wie Thomas näher kam und seine Hände wieder um die Stäbe legte. Als wäre das ein Angebot, preschte der Vogel plötzlich auf Thomas zu und zerhackte seine Finger.

Der schrie auf: «Du dummes Viech! Nicht mich sollst du angreifen, sondern sie!»

Mit blutigen Händen zeigte er durch die Gitterstäbe auf mich. Was seinen Vogel dazu bewog, sich erneut auf die bereits havarierten Finger zu stürzen. Thomas zog seine Hände zurück, pures Entsetzen im Gesicht. Thanatos pickte gegen die Käfigtür, schlug seinen Schnabel gegen die Scharniere und das Schloss. Dabei musste sich die Verriegelung gelöst haben. Metall schabte auf Metall, ein rostiges Knarren ertönte, dann drängte der Vogel das Tor auf und flatterte in die Freiheit. Thomas strauchelte, wollte mich wieder einsperren, doch ich war schneller. Mit einem Hechtsprung entkam ich. Er griff nach mir, kriegte nur mein T-Shirt zu fassen. Ich riss mich los, stiess ihn weg und rannte.

«Komm zurück!», brüllte er hinter mir her. «Lauf nicht fort!» Plötzlich begann er zu heulen und fügte kraftlos hinzu: «Bitte.»

Im Davoneilen sah ich, dass er zu Boden glitt, seine Hände über den Kopf hielt und wie ein kleiner Junge schluchzte. «Lass mich nicht allein. Komm zu Thomas.»

Auf diesen Wunsch konnte ich nicht ernsthaft eingehen. Ich spurtete weiter, erreichte die Treppe, nahm mehrere Stufen auf einmal, gelangte zur Tür. Ein Zahlenschloss hing am Riegel. Verflixt. Nervös hantierte ich daran herum. Von unten her drang noch immer Thomas' Heulen, vermischt mit Thanatos' Flattergeräuschen. Plötzlich schrie Thomas: «Hör auf, du vermaledeites

Biest!» Der Vogel kreischte auf. Thomas brüllte. Es hörte sich an, als ob er um sein Leben kämpfte.

Ich versuchte mehrere Zahlenkombinationen, doch keine führte zum Erfolg. Dann dachte ich eine Sekunde nach. Ganz langsam drehte ich die Rädchen auf die Zahlenfolge 2 – 4 – 9 – 1. Der zweite April '91 war der Tag gewesen, als Rebekka getötet worden war. Es klickte.

Volltreffer. Ich öffnete das Schloss, stiess die Kellertür auf und verschloss sie von aussen wieder. Dann trat ich ins Freie. Die Welt hatte mich wieder. Ich atmete erleichtert aus und ging durch die Altstadtgassen. Jetzt kam mir alles vor wie ein schlechter Traum. Hatte sich das Ganze überhaupt ereignet? Ein Blick auf meine zerkratzten Arme genügte. Was für eine Geschichte! Langsam beruhigte sich mein Herz.

Ich wählte die Nummer des Rettungsdienstes und schickte die Sanitäter zum fraglichen Haus. Sie würden sich um die arme Seele und seinen schwarzen Handlanger kümmern. Als ich am Paradeplatz ankam, prasselten wie immer Hunderte von Gedankenfetzen auf mich ein.

«Ich kündige», dachte ein junger Mann, der gerade eine Boutique verliess.

Eine Dame um die achtzig mit rosigen Wangen ratterte innerlich ihren Einkaufszettel herunter: «Broccoli, Wurst und Milch, Emmentaler, Auberginen, Äpfel.» Ein kokettes Lächeln umspielte ihre Lippen, dann fügte sie in Gedanken hinzu: «Und Kondome.»

Mein Gaumen fühlte sich pappig an. Ich kaufte mir beim Kiosk ein Mineralwasser, setzte mich auf die Eingangstreppe der «Credit Suisse» und trank in grossen Schlucken.

Da hörte ich einen Mann denken. Ich sah mich um, doch niemand stand in meiner Nähe. Die Worte kamen von unten. Seltsam. Ich starrte auf den Boden, als erwartete ich, dort jemanden zu sehen. Natürlich war da keiner. Die Gedanken drangen von noch tiefer zu mir herauf. Obwohl eine gehörige Ladung Asphalt zwischen uns lag, vernahm ich klar und deutlich, wie der Typ dachte: «Verdammte Graberei! Noch sieben Meter bis zum Tresorraum.»

Ich grinste vor mich hin. Gedankenlesen war gar nicht so schlecht. Diesmal ging es nicht um Ehrlichkeit und Gerechtigkeit wie damals bei der Sache mit Rebekka. Ich würde den Bankräuber nicht verpfeifen. Sollte der Mann ruhig seine sieben Meter graben und den Tresor knacken. Ich hatte seine Stimme erkannt. Onkel Toni. Er hatte mich immer gemocht. Bestimmt würde er mit mir teilen.

Der Auftragsdienst

«Ja? Wer spricht?»

«Ich rufe wegen Ihrer Internet-Anzeige an. Sie sind doch … Sie bieten doch diesen Dienst an, diesen sehr speziellen?»

«Das tue ich.»

«Ich möchte Sie anheuern.»

«Beauftragen.»

«Entschuldigen Sie, ich meinte beauftragen. Anheuern klingt etwas gar – »

«Kommen Sie zur Sache.»

«Natürlich. Entschuldigung.»

«Hören Sie auf, sich zu entschuldigen.»

«Oh. Verzeihung.»

«Sie rauben mir den letzten Nerv. Also, wer darf's denn sein?»

«Sie meinen, wen ich – »

«Ja, das meine ich, Sie Schlaumeier. Name, Adresse, Telefonnummer.»

«Nun, ich heisse Robert Ziegler, wohne an der – »

«Der Name Ihrer Zielperson, verdammt nochmal!»

«Tut mir leid. Die Zielperson ist genaugenommen meine … also … sie heisst Martha Ziegler, wohnt an der – »

«Moment mal. Ziegler, sagten Sie? Martha Ziegler?»

«Richtig. Wohnhaft an der – »

«An der Feldeggstrasse?»

«Woher wissen Sie das?»

«Feldeggstrasse 42? Hinter dem Supermarkt?»

«Na ja, es ist der Marinello, eigentlich kein richtiger Supermarkt, eher so eine Art Quartierladen mit einem etwas grösseren Sortiment. Aber ... warum lachen Sie denn so?»

«Martha Ziegler von der Feldeggstrasse 42! Ich fass es nicht!»

«Würden Sie bitte dieses Gelächter bleiben lassen und mir sagen, ob Sie den Auftrag annehmen?»

«Ob ich ihn annehme? Aber selbstverständlich, mein Herr. Martha Ziegler, unglaublich! Martha von hinter dem Supermarkt!»

«Quartierladen. Und jetzt hören Sie schon auf, mich so auszu – »

«Ich lache Sie nicht aus. Ich bin amüsiert. Erheitert. Entzückt.»

«Ist ja gut, beruhigen Sie sich wieder. Läuft die Sache?»

«Sie läuft. Bezahlung im voraus.»

«Das stand aber nicht in der Anzeige.»

«Spontane Anpassung der allgemeinen Geschäftsbedingungen.»

«Warum?»

«Risikominimierung.»

«Unterstellen Sie mir Betrug? Ich bin ein zuverlässiger Mensch! Sie kriegen Ihr Geld!»

«Im voraus.»

«Wenn Sie darauf bestehen. Wohin darf ich es überweisen?»

«Central Bank of Cayman Islands, George Town, Kontonummer 367-834-985. Vermerk: Gemeinnützige Spende.»

«Und Sie erledigen prompt?»

«Sobald das Geld auf meinem Konto eintrifft, behebe ich Ihr Problem.»

«Wie schön das klingt! Problembehebung! Ich könnte es nicht treffender ausdrücken. Vielen Dank für Ihren … äh … gemeinnützigen Dienst.»

«Gern geschehen. Guten Tag.»

…

«Martha, weisst du, wer gerade angerufen und mich angeheuert hat? Martha, Liebling, bist du im Bad? Zieh dich an und pack die Koffer – wir fliegen auf die Cayman Islands!»

Frohe Ostern

Tanja Schneider hatte das grosse Pech, in eine Künstler-familie hineingeboren worden zu sein. Ihre Mutter war eine erfolglose Krimiautorin, die sich von Stipendium zu Stipendium hangelte, da die Einkünfte aus ihren Bü-chern nicht für die Miete reichten. Tanjas Vater war Bal-letttänzer (mit Leidenschaft, aber ohne Engagement), ihre Schwester versuchte sich als Malerin, und Teddy, ihr Bruder, war Statist für Horrorfilme, Stimmenimitator und Schlagzeuger in einer Punkband. Die Familie Schneider hatte, so weit Tanja zurückdenken konnte, immer unter dem Existenzminimum gelebt. Was ausser Tanja nie jemanden gestört hatte, gehörte es doch zum Selbstbild der Kreativen, am Hungertuch zu nagen.

Tanja war absolut talentfrei, was Kunst betraf. Von Kindesbeinen an hatten es ihr die Zahlen angetan. Als Dreikäsehoch konnte sie die Siebnerreihe vorwärts und rückwärts herunterrattern, in der Unterstufe wusste sie die ersten hundert Primzahlen auswendig, kannte die Fibonacci-Reihe und den Satz des Pythagoras. Beim Übertritt in die Sekundarschule verkündete sie, sie wolle Mathematikerin, Börsenmaklerin oder Bankerin wer-den.

«Mein Gott!», stiess ihre Mutter aus, als sie das er-fuhr.

«Von mir hat sie das nicht!», beeilte sich ihr Vater zu sagen.

Die Schwester stöhnte: «So was Kommerzielles!», und Bruder Teddy schrieb einen Protestsong mit dem Titel «The curse of capitalism».

Tanja seufzte, wie nur Teenager seufzen können, und ging ihren Weg fortan ohne den Segen der Familie. Nach einer soliden Lehre trat sie eine Stelle am Schalter einer Bank in der Zürcher Innenstadt an und unterstützte ihre Eltern und Geschwister schon bald mit regelmässigen monatlichen Beträgen. Sie finanzierte ihrer Mutter eine Lesereise durchs Tirol und organisierte ihrer Schwester eine Ausstellung mit Gemälden, deren tieferer Sinn ihr auch nach längerer Betrachtung schleierhaft blieb. Sie verschaffte ihrem Vater eine Nebenrolle als blinder Narr in einem Kleintheater und pushte Teddys Song «I will always hate money» mit Massen-CD-Käufen auf Platz 87 der Schweizer Hitparade.

Zu ihrem dreissigsten Geburtstag schenkte ihr eine Freundin mit vielsagendem Blick das Buch «Wie ich erkenne, dass ich ausgenützt werde». Tanja verschlang den Ratgeber und stellte daraufhin ihre familiären Zahlungen ein. Was nicht ohne Folgen blieb. Ihre Mutter rief an und schimpfte sie eine egoistische Tochter, ihr Bruder schickte ihr eine Karte, auf der ein grinsender Schädel mit den Worten «Death will get you!» abgebildet war.

Und ihre Schwester nahm Zuflucht zur Kunst des Voodoo, pikste Stecknadeln in ein selbstgestricktes Tanjapüppchen, stach sich dabei in den Finger, was eine Entzündung verursachte, die mit Antibiotika behandelt wurde, auf welche sie mit einem hässlichen Ausschlag reagierte, der dazu führte, dass ihr Lebensabschnittspartner seine Chance witterte und sich von ihr trennte. Was Tanja allerdings erst viel später erfuhr. Seit damals war der Kontakt mit der Familie abgebrochen.

Es war an einem Morgen kurz vor Ostern, als Tanja im 14er-Tram von Seebach Richtung Stadtzentrum fuhr. Sie schaute durch die blütenstaubgelbe Scheibe nach draussen, beobachtete die Leute auf ihrem Weg zur Arbeit, erkannte Schokoladehasen in allen Farben in den Schaufenstern der Läden.

«Kronenstrasse» knatterte die Stimme aus dem Lautsprecher.

Das Tram hielt an der Station, einige Fahrgäste stiegen aus, andere ein.

Dann geschah es.

Zwei mannsgrosse, weisse Plüschhasen mit Körben am Rücken erklommen den vordersten Eingang, schnell und leichtfüssig. Ein kleiner Junge quietschte vergnügt, als er sie entdeckte, und zeigte mit dem Finger auf die langen Hängeohren, eine ältere Dame fragte neckisch: «Bringen Sie uns Ostereier?», andere lachten und witzelten.

Bis die zwei verkleideten Männer ihre Pistolen zückten.

Dass es Männer waren, sah man ihren Händen an, die nicht im Kostüm steckten. «Türen geschlossen halten und nicht weiterfahren!», zischte der eine dem Chauffeur zu, zerrte ihn aus der Führerkabine und hielt ihm die Waffe an die Schläfe. «Wenn jemand Zicken macht, kriegt der Fahrer eine Kugel in den Kopf! Und jetzt her mit euren Wertsachen, aber rassig!» Seine Stimme klang dumpf unter dem Stoff.

Der Tramchauffeur wurde kalkweiss. Die Fahrgäste blickten ungläubig auf die Szenerie. Jemand schrie auf. Tanja erstarrte.

Der Osterhase hielt den Fahrer in Schach, sein Kumpel nahm den Kratten von den Schultern und forderte die Leute auf, ihre Portemonnaies, Handys, Uhren, Halsketten und iPads hineinzulegen.

Tanja konnte es nicht fassen. Ein Tramüberfall am helllichten Tag! Von so was hatte sie noch nie gehört. Unauffällig griff sie nach ihrem Mobiltelefon und versuchte, die Nummer 117 zu wählen. Vergebens. Der grössere Hase preschte auf sie zu, schaute sie gar nicht an, sondern riss es ihr gleich aus der Hand und schmiss es in den Korb. Dabei streifte er das gezackte Aufziehrädchen ihrer Uhr. Ein Kratzer entstand auf seinem haarigen Unterarm. Er fluchte, dann befahl er: «Rein damit!» Tanja hielt den Blick gesenkt und liess die Uhr in den Behälter gleiten. Der Mann ging weiter durch die Reihen und erbeutete unzählige Wertsachen. Sein Korb füllte sich, klimperte, wurde schwer.

Tanja beobachtete die beiden Verbrecher, wie sie die morgendlichen Pendler ausraubten. Sie bewegte sich nicht, hielt die Luft an, spürte ihr Herz rasen. Das Ganze wirkte surreal. Kaum eine Minute war vergangen, da hatte der eine Räuber alle Fahrgäste bestohlen, während der andere immer noch den Fahrer bedrohte, auf dessen Gesicht sich Schweissperlen gebildet hatten.

«Aktion beendet! Vordertür aufmachen!», schrie der Grössere und stiess den Chauffeur in die Kabine zurück.

Dieser tat wie geheissen. Die Tramtür öffnete sich, die beiden weiss verkleideten Männer stürzten hinaus, ihre Kratten geschultert, mit wippenden Stummelschwänzchen und flatternden Ohren. In Windeseile rannten sie über die Strasse, wo ein roter Opel mit laufendem Motor auf sie wartete. Sie stiegen ein, das Auto brauste davon.

Erst jetzt wagte Tanja, wieder richtig zu atmen. Der Tramchauffeur rappelte sich hoch und bat tausendfach um Verzeihung, als wäre das Ganze seine Schuld gewesen.

Bald traf die Polizei ein. Die Beamten nahmen die Adressen aller Geschädigten auf und baten sie, für Fragen zur Verfügung zu stehen. Tanja fuhr wie in Trance zur Arbeit, kam zum erstenmal zu spät, was ihre Schalterkollegin zu einem erstaunten Stirnrunzeln veranlasste. Am Mittag wurde sie auf den Polizeiposten beordert, wo sie zu Protokoll gab, wie sie den Überfall erlebt hatte. Wie schon den anderen Betroffenen war auch ihr aufgefallen, dass der eine Räuber Bündner Dialekt gesprochen hatte. Das war das einzige Indiz. Die Ermittler legten ihr eine Reihe Fotos von Vorbestraften aus dem Kanton Graubünden vor. Doch da die Räuber in den weissen Anzügen gesteckt hatten, konnte Tanja keine Angaben zu ihren Gesichtszügen oder ihrem Alter machen. Sie hatten keine Fingerabdrücke hinterlassen, der rote Opel war gestohlen, wurde kurz darauf unter der Hardbrücke sichergestellt, und die Osterhasenverkleidungen blieben unauffindbar, wie sie erfuhr. So dreist diese Tat auch gewesen sei, teilte man Tanja mit, so gross sei die Wahrscheinlichkeit, dass der Fall nie gelöst würde.

Den restlichen Tag nahm sie frei und verbrachte ihn damit, neue Ausweise und Bankkarten zu beantragen, eine Uhr sowie ein Handy zu kaufen, das ihrem vorherigen wenigstens ansatzweise ähnelte, so dass sie keine seitenlange Gebrauchsanweisung studieren musste. Danach verspürte sie den unwiderstehlichen Drang, ihre Wohnung vom

Keller bis zum Dachstock zu reinigen. Sie putzte die Fenster, wusch und bügelte die Vorhänge, shampoonierte den Teppich und schrubbte die Küchenschränke. Sie brachte das alte Geschirr ins Brockenhaus und erstand ein modernes 12teiliges Set, das ein halbes Vermögen kostete, ihr aber das Gefühl eines Neuanfangs gab.

In der Nacht wurde sie von einem Alptraum heimgesucht, in dem es von weissen Hasen, klimpernden Wertsachen und hämisch grinsenden Armbanduhren wimmelte. Sie wurde in einen riesigen Kratten geworfen und landete auf einem Tramfahrgast, der sie beschimpfte, das sei sein Beutekorb, sie habe darin gar nichts verloren. Sie schlug in ihrem Traumlexikon die Bedeutung dieser Symbolik nach und erfuhr, dass sie entweder an unterdrückten erotischen Neigungen litt, an einem unerfüllten Karrierewunsch oder an Gallensteinen. Folgerichtig gab sie das Lexikon ebenfalls ins Brockenhaus.

Am Gründonnerstag arbeitete Tanja wieder am Schalter, beriet Klienten, eröffnete Konten, empfahl An- und Verkäufe von Gold und war zuversichtlich, den Vorfall im Tram bald verarbeitet zu haben. Morgen war Karfreitag, das Wochenende würde sie in Ruhe verbringen. Kurz vor Feierabend wartete der letzte Kunde, bis seine Nummer aufleuchtete. Tanjas Schalteranzeige blinkte, der Mann näherte sich.

Sie erkannte, dass es ihr Bruder war.

Einen Moment stockte sie. Der letzte Kontakt mit ihm war nicht gerade freundschaftlich verlaufen.

Doch er lächelte sie versöhnlich an. «Hallo Schwesterherz.»

«Hallo Teddy.» Tanja war froh über seinen Tonfall und sprudelte heraus: «Ich konnte euch nicht mehr länger finanziell unterstützen. Ich hoffe, du verstehst das. Irgendwann …» Sie zögerte, wollte ihn nicht verletzen, fügte leise hinzu: «Irgendwann muss man einfach selbständig werden.»

«Da hast du absolut recht.» Er nickte einsichtig. «Du hast uns eine Lehre erteilt. Und wir haben sie begriffen. Wir sind jetzt selbständig geworden. Danke – und frohe Ostern!»

«Dir auch schöne Festtage!», gab Tanja erleichtert zurück. «Aber womit kann ich dir helfen? Was führt dich in unsere Bank?»

«Ich möchte einen Safe mieten», sagte er.

«Gern.» Sie schob ihm das Formular für Schliessfächer hinüber und bat ihn, es zu unterschreiben.

Teddy griff danach, noch immer lächelnd. Sein Irokesenkamm ragte steif nach oben. Seine Augenbrauenpiercings schimmerten im Neonlicht. Sein Jackenärmel rutschte nach hinten.

In diesem Moment verstand Tanja: Die leichtfüssigen Bewegungen des einen Räubers, elegant wie die eines Balletttänzers. Der Bündner Dialekt des anderen, perfekt nachgeahmt, wie es nur ein Stimmenimitator vermochte.

Sie starrte auf den haarigen Unterarm ihres Bruders. Der Kratzer von ihrer Armbanduhr war deutlich zu sehen.

Die Schreibblockade

Dies ist die kurze, aber tragische Geschichte einer Krimiautorin, die an einer Schreibblockade litt, welche sie mittels Selbsterfahrungs-Recherche überwinden wollte, indem sie einen Mord beging, jedoch nicht zu den Verdächtigen zählte, sich deshalb selbst der Polizei stellte und in Untersuchungshaft geriet, wo sie hoffte, in ihrer Einzelzelle in Ruhe an ihrem Krimi arbeiten zu können, stattdessen aus Mangel an Beweisen freigesprochen wurde und bis zum heutigen Tag an selbiger Schreibblockade leidet.

Flinke Finger

Ich weiss, man beginnt eine Geschichte nicht mit einer langatmigen Rückblende auf seine missratene Kindheit. Man springt mitten ins Geschehen, im Stil von: «In der mondlosen Nacht, als der Sturmwind übers Land fegte, stolperte ich über die übel zugerichtete Leiche im modrigen Moor.» Doch erstens kommt in meiner Story keine Leiche vor, wenigstens nicht zu Beginn. Und zweitens war meine Kindheit nicht schrecklich, sondern nur sonderbar. Ich muss bloss gewisse Dinge klarstellen, damit Sie verstehen, wie alles gekommen ist. Hier im Knast hab ich genügend Zeit, weitschweifig zu sein, aber ich werde mich kurz halten.

Ich bin der jüngste von vier Brüdern, und, wie man so sagt, das schwarze Schaf der Familie. Nicht etwa, weil ich mich rebellisch benommen hätte, in der Schule schlecht oder sonstwie ein unerfreuliches Kind gewesen wäre, sondern wegen meiner Körpergrösse. Beziehungsweise wegen des Fehlens derselben. Meine Eltern sind hochgewachsen und wohlproportioniert. Mutter war Leichtathletin, Vater Schwimmer, meine drei Brüder sind über einen Meter neunzig gross und zu allem auch noch gutaussehend, sympathisch und erfolgreich. Alle treiben professionell Sport, ausser ich.

Ich bin klein. Nicht nur das – ich bin klein, mager, und mein Gesicht erreicht punkto gutes Aussehen nicht wirklich Durchschnittswerte. In der Pubertät hörte ich auf zu wachsen. Da war ich 1,57 Meter gross. Man nannte mich erst Matzerath, nach der Hauptfigur der «Blechtrommel», später nur noch Matz, und beides nervte

mich. Bald überragten mich die Mädchen um Hauptes-
länge. Mutter und Vater versuchten, mir mit Wachs-
tumshormonen nachzuhelfen, doch ich wollte die Din-
ger nicht schlucken. Ich hatte Angst, einer dieser Kolos-
se mit Haaren auf den Schultern und hervorstehenden
Stirnwülsten zu werden. Die magische Grenze von 1,60
Meter habe ich nie erreicht. Das ist verdammt klein für
einen achtundzwanzigjährigen Mann.

Alle in meiner Familie leiden unter Höhenangst. Vielleicht kommt das daher, dass sie von so herausragender
Statur sind, immerhin sind ihre Köpfe um einiges weiter
vom Boden entfernt als meiner. Ihr Fall ist tief, wenn sie
stürzen. Ich habe kein Problem mit Höhen, hatte ich
noch nie. Schon als Dreijähriger wurde ich auf die wack-
lige Leiter in der Vorratskammer geschickt, um vom
obersten Regal die Einmachgläser zu holen. Ich erklomm
in schwindelerregender Höhe die Baumwipfel und rettete die Katze, kraxelte die Regenrinne unseres Hauses
empor und turnte auf dem Dach herum. Mutters Panik
genoss ich, Vaters Sorge beflügelte mich, und die Be-
wunderung meiner Brüder stachelte mich zu kletter-
technischen Höchstleistungen an.

Mit meinen kleinen, feinen Fingern kann ich mich an
jede Unebenheit klammern, mich an Felsen, Holz und
Ziegelsteinen hochhieven, Stahlverstrebungen, Stein-
wände und Beton erklimmen. Ich besteige überhängende
Berggrate, Hochhäuser und Türme. Wenn ich oben bin,
erfüllt mich ein unbeschreibliches Glücksgefühl. Ich
schaue hinab, betrachte die Spielzeugautos dort unten,
die Bäume, Strassen, Häuser und die Menschen, die
nichts als wuselige Ameisen sind.

So weit die Exkursion in meine Vergangenheit. Den restlichen Mist, Schule, Studium und all das, können wir getrost überspringen. Ganz zu schweigen von Sex and Drugs and Rock'n'Roll, wovon ich nichts Nennenswertes erlebt habe. Wichtig ist nur, dass Sie wissen, dass ich mich in luftigen Höhen pudelwohl fühle. Denn das hat dazu geführt, dass ich jetzt hier sitze. Zelle 53, Westflügel, Einzelhaft.

Und dass wir doch noch auf die Sache mit der Leiche zu sprechen kommen.

Angefangen hatte es vor drei Monaten. Ich hatte gerade einen Gelegenheitsjob als Bademeister, wobei eine meiner Aufgaben war, mich der sogenannten «Sprungmüden» anzunehmen. Das sind diejenigen, die sich zwar die Sprossen des Zehnmeterturms hochtrauen, aber weder den Mut haben, in den Pool zu springen, noch wagen, wieder rückwärts hinunterzuklettern. Klar, dass ich hierfür der Richtige war. Hunderte Male stieg ich zum Sprungbrett hoch, beruhigte die Ängstlichen, ermunterte die Zaghaften und spornte die Grossmäuligen an. Noch jeder ist danach gesprungen.

Es war einer jener heissen Sommer, in denen alle, die einen Bürojob hatten, sich nichts anderes wünschten, als draussen zu arbeiten, und alle, die eine Tätigkeit unter freiem Himmel ausführten, sich danach sehnten, irgendwo drinnen zu sein.

Meine Stelle im Freizeitpark «Aquatempel» war ganz nach meinem Gusto. Die riesige Anlage war teils gedeckt und auch bei schlechtem Wetter oder im Winter benutzbar, teils ohne Dach mit Liegewiesen, Blumenbeeten und

Büschen. Ich war einer von zwölf Bademeistern. Nebst der Überwachung der verschiedenen Schwimmbäder mit all den Rutschbahnen, Sprudeltanks und Gegenstrombecken reinigte ich jeden zweiten Tag die Fensterfront der Cafeteria. Die Glasfassade war sechs Meter hoch. Innen wie aussen befand sich am oberen Rand eine Schiene mit Kabel, an dem man einen tellergrossen Sitz einhängen konnte. Darauf fuhr ich nach links und rechts und putzte so die Scheiben. Ein Traum für mich. Die Café-Gäste wurden nicht durch herumstehende Leitern gestört, und ich konnte meinen Job in der Höhe verrichten, so wie ich es liebte.

Ich kam mit meinen Kollegen gut aus, bin sowieso ein umgänglicher Typ. Man mochte sich im «Aquatempel» auf eine unkomplizierte Art, trank nach Feierabend ab und zu ein Bier zusammen, ansonsten hatte man nicht viel miteinander zu tun. Nur Harry war anders. Harry war ein Riese von Mann, einiges über zwei Meter lang, dünn, schlaksig, mit schlechter Körperhaltung, als wollte er sich durch einen krummen Rücken kleiner machen, um nicht so aufzufallen. Doch er fiel auf. Er schlurfte durch die Gegend wie ein alter Mann, dabei war er kaum über dreissig. Er war schon fast kahl und hatte schlechte Haut. Nie trank er was mit uns, nie sprach er mehr als das Allernotwendigste.

Doch einmal – ich sass gerade auf dem Fensterputzsitz und zog den Schaber über die Glasfront der Cafeteria – stand er direkt unter mir und blickte mich unverwandt an. Ein paar Dutzend Gäste assen Eis, tranken Cola und beachteten mich nicht weiter. Die Kinder rannten um die Tische, die Jugendlichen schickten sich SMS, aus den

Lautsprechern krächzte Chris Norman «Living next door to Alice».

Harry starrte noch immer zu mir hoch.

«Ist was?», rief ich runter.

Er schüttelte den Kopf. Dann nuschelte er: «Du fühlst dich wohl dort oben, stimmt's?»

Das war seltsam. Noch nie hatte er das Wort direkt an mich gerichtet. Vielleicht taute er ja langsam auf, das wollte ich natürlich kräftig unterstützen. Drum grinste ich, breitete die Arme aus, damit er sah, dass mich einzig die mickrige Sitzfläche hielt. Als er keine Miene verzog, gab ich noch einen drauf und wirbelte im Kreis herum. Es war kindisch, ich weiss, zeigte aber endlich Wirkung – Harry machte ein besorgtes Gesicht. Er öffnete den Mund, um etwas zu sagen, schien es sich aber anders zu überlegen und murmelte nur: «Das ist gut, dass du dich dort oben wohl fühlst.»

Das war's gewesen, Harry trottete davon, eine bleiche Bohnenstange, die mir Rätsel aufgab. Doch ich vergass das Ganze gleich wieder. An einem der nächsten Tage – ich hatte gerade einen heulenden Jungen davon überzeugt, mit einem kühnen Sprung vom Einmeterbrett seine angebetete Kindergartenfreundin zu beeindrucken – tauchte Harry wieder neben mir auf. Ich sass auf meinem Bademeisterhochsitz beim Nichtschwimmerbecken und beobachtete die Leute, die nie richtig schwimmen gelernt hatten, aber mit ungelenken Bewegungen freudvoll vor sich hin plantschten.

«Matz», begann er. Ich hasste diesen Namen noch immer, aber er war an mir hängengeblieben, ob ich wollte oder nicht. «Ich muss mit dir reden.»

«Okay», meinte ich. «Jetzt? Hier?»

«Nein. Heute abend. Hast du Zeit?»

«Klar. Hat es etwas mit der Arbeit zu tun?»

«Nein … das heisst, ja.»

«Was denn nun?»

«Ich sag's dir am Abend.» Harry zottelte davon, und ich wurde abgelenkt, weil eine ältere Dame einen Anfall hatte. Ich leistete Erste Hilfe, wie ich es gelernt hatte, und erntete ein dankbares «Sie sind ein wunderbarer junger Mann». Ich musste ihr innerlich recht geben und zerbrach mir nicht weiter den Kopf, was um alles in der Welt Harry wohl mit mir zu besprechen hatte. Der Nachmittag verstrich ereignislos. Die letzten Gäste wurden gebeten, die Pools zu verlassen, Sally stapelte die Liegestühle aufeinander, Tobi leerte die Papierkörbe, Mehmet sammelte die liegengelassenen Flaschen ein.

Ich zog mich um, wartete beim Ausgang, dann kam Harry. Ich dachte schon, wir würden irgendwo ausserhalb unseres Arbeitsplatzes was Kühles trinken, doch er schubste mich zurück in den «Aquatempel». Wir standen neben dem Schaukasten mit den Badehosen, Taucherbrillen und Schnorcheln, die wir zum Verkauf anboten, Harry blickte sich nach allen Richtungen um, dann flüsterte er: ‹Ich brauch Geld.›

«Dann such dir einen besseren Job», sagte ich.

Er schüttelte den Kopf. «Richtig viel Geld.»

«Und wieso kommst du damit zu mir?»

«Weil du mir helfen kannst.»

«Ich wüsste nicht wie. Auf meinem Konto liegen fünfhundertzweiunddreissig Mäuse.» Was natürlich nicht stimmte, es waren etwas mehr, aber Harry sollte die Sinnlosigkeit erkennen, mich anzupumpen.

«Für dich springt auch was raus», murmelte er.

Ich sah zu ihm hoch. Er wirkte irgendwie verzweifelt. Hatte er Spielschulden? Eine Hypothek, die er nicht abzahlen konnte? Eine Freundin, die ihn in den Ruin trieb? Die Vorstellung, eine Frau würde sich mit ihm einlassen, war abwegig. Nun gut, Kleinwüchsige wie ich haben's noch schwerer, aber mit Charme, Witz und Intelligenz – worüber ich reichlich verfüge – können manche Herzen, die sich nach Brad Pitts und George Clooneys verzehren, erobert werden. Ich weiss das aus Erfahrung. Bin zwar kein Frauenheld, aber auch nicht ein völlig unbeschriebenes Blatt.

«Du hast keine Angst vor Höhen», riss er mich aus meinen Gedanken.

«Stimmt.»

«Du kannst gut klettern, hast flinke Finger, bist wendig genug, um –» Er stockte, schluckte heftig, wobei sein Adamsapfel auf und nieder hüpfte.

«Um?»

«Um durch die Luke zu passen.»

«Durch welche Luke?»

«Diejenige des Lüftungsschachts.»

«Okay …?»

«Die zum Zimmer mit dem Safe führt.»

«Ja …?»

«In dem die Million liegt.»

Ich prustete los. «Alter, was soll das? Hast du zu viele Krimis gesehn? Und ich dachte schon, du wolltest was Richtiges mit mir besprechen. Schönen Abend noch.»

Ich wandte mich zum Gehen, doch er hielt mich zurück.

«Ich meine es ernst, Matz. Du musst mich anhören. Ich habe ein echtes Problem.»

«Dann such dir einen Psychodoktor. Ich bin nicht gut im Trösten. Könnte nicht mal zu dir hochlangen, um über deine Glatze zu streichen.»

«Matz, bitte ...» Auf Harrys Gesicht lag ein Ausdruck, den ich noch nie gesehen hatte. Plötzlich tat er mir leid. Was auch immer seine Sorgen waren, ich konnte sie mir immerhin mal anhören.

«Also», sagte ich, «leg los. Aber verarsch mich nicht.»

«Das tu ich nicht, Matz, bestimmt nicht. Es ist nur so, dass ich allein nicht mehr klarkomme. Du weisst doch, dass ich einen berühmten Nachbarn habe.»

Das war mir zwar neu, aber ich nickte.

«Er ist Botaniker und züchtet seltene Orchideen», fuhr Harry fort. «Er hat schon etliche Fachbücher geschrieben, reist in der ganzen Welt herum und hält Vorträge.»

«Und weiter?»

«Er erpresst mich.»

«Womit?»

Harry drückte sich vor der Antwort, dann nuschelte er: «Ich hab sein Gewächshaus abgefackelt.»

«Warum zum Henker hast du das denn getan?»

«Doch nicht absichtlich! Ich hab das doch nicht gewollt! In seinem Gewächshaus – es war so ein altmodischer Bau, alles aus Holz, drum hat's auch gebrannt wie Zunder – hat er eine neue Orchideenart hochgepäppelt, was ihn zehn Jahre Arbeit gekostet hat, wie er sagte. Er hat sie ‹Queen of colors› genannt und sich für die ‹World

Orchid Professional Competition› in San Diego ange-meldet. Das Preisgeld für die beste Züchtung beträgt eine halbe Million Dollar. Und dieses hätte ihm zuge-standen, sagt er. Weil er eine einzigartige Blume erschaf-fen hat, etwas genetisch noch nie Dagewesenes, das auf-grund so vieler Zufälle in diesen zehn Jahren entstanden sei, dass es nicht wiederholbar sei. So ganz hab ich die Sache nicht kapiert. Jedenfalls hab ich sein Gewächshaus niedergebrannt. Und alle Pflanzen darin, auch die ‹Queen of colors›. Und nun will er die halbe Million. Sonst verpfeift er mich.»

«Das versteh ich jetzt nicht», gab ich zurück. «Was heisst hier verpfeifen? Du sagst ja selbst, du hättest es nicht mit Absicht getan. Dann war es ein Unfall. Viel-leicht musst du ihm den materiellen Schaden bezahlen, aber doch niemals so viel. Wie ist denn dieser Brand überhaupt ausgebrochen?»

Harry lächelte gequält. «Die Flammen sind von mei-ner Scheune auf sein Gewächshaus übergesprungen.»

«Das heisst, deine Scheune hat auch gebrannt?»

«Ja.»

«Nun lass dir doch nicht alles aus der Nase ziehen, Alter! Deine Scheune stand also als Erstes in Flammen? Wie kam das?»

«Ich …», er zögerte etwas, dann sagte er schuldbe-wusst: «Ich hab Feuer gelegt.»

«Und das hast du getan, um …?» Langsam verlor ich die Geduld. Was für eine abstruse Geschichte.

«Um die Leiche zu verbrennen.»

«Wessen Leiche, verdammt?»

«Die meiner Mutter.»

Ich starrte ihn an. «Harry! Entweder du sagst mir jetzt, das Ganze sei ein makabrer Scherz, oder ich hau augenblicklich ab! Mit so was will ich nichts zu tun haben.»

Harry verzog das Gesicht. «Es ist die bittere Wahrheit, Matz. Meine Mutter war schwer krank und hatte furchtbare Schmerzen. Sie hat mich gebeten, ihrem Leiden ein Ende zu bereiten, doch ich wollte nicht. Ich liebte sie.» Er begann zu schluchzen, wischte sich die Tränen aus dem Gesicht. «Aber sie bestand darauf. Sie sagte, sie halte es nicht mehr aus. Oft schrie sie stundenlang und wand sich vor Schmerz. Als sie mich immer wieder darum bat, musste ich ihr versprechen, es zu tun. Es wär einfach unmenschlich gewesen, ihr nicht zu helfen. Ich gab ihr also eine Überdosis Morphium. Es ging sehr schnell. Als sie gestorben war, geriet ich in Panik. Ich war überzeugt, als Mörder im Gefängnis zu landen. Die Leiche musste weg. Ich schleppte sie mitten in der Nacht zur Scheune und steckte diese in Brand. Dabei hat mich mein Nachbar, der Botaniker, beobachtet. Wenn ich ihm das entgangene Preisgeld, die halbe Million, nicht gebe, droht er, der Polizei zu melden, dass ich einen Mord verübt habe.»

«Du Idiot!», fuhr ich ihn an, «Wieso hast du geglaubt, es würde nicht auffallen, wenn deine Mutter plötzlich nicht mehr da wäre?»

«Ich … ich konnte nicht klar denken, als sie tot dalag. Sie hatte so starre Augen, einen offenen Mund. Sie sah überhaupt nicht mehr aus wie meine Mutter. Da wollte ich nur noch, dass sie verschwindet und mich niemand damit in Verbindung bringen würde. Ich hab einfach nicht mehr richtig überlegen können, Matz. Verstehst du das nicht?»

«Nicht wirklich. Wenn du dich selbst gestellt hättest, hätte man dir vielleicht mildernde Umstände zugebilligt, weil du aus Nächstenliebe gehandelt hast. So was Schräges ist mir noch nie untergekommen. Und was willst du jetzt von mir?»

Harry schaute sich erneut um, ob auch keiner mithörte, doch unsere Kollegen waren alle damit beschäftigt, die Anlage aufzuräumen, zu reinigen oder ihre privaten Dinge in Ordnung zu bringen, bevor sie gingen.

«Du weisst doch, dass wir pro Tag im Durchschnitt tausend Gäste haben.»

Ich nickte.

«Jeder von ihnen zahlt den teuren Eintritt, leistet sich was zu trinken und zu essen und so weiter.»

«Ja, und?»

«Pro Monat sind das dreissigtausend Gäste, das ergibt Einnahmen von über einer Million. Das Geld wird im Safe des Direktionszimmers von Herrn Portmann gelagert, das wir normalerweise nie betreten. Du weisst ja, für den Boss gehören wir zum Pöbel, nicht zum hohen Besuch. Einmal pro Monat holt der Transportwagen der Bank die Kohle ab. Und das ist morgen. Also ist der Safe jetzt voll.»

«Du willst den Safe knacken?», stiess ich ungläubig hervor.

«Nein, du.»

«Auf keinen Fall! Mir reicht's, ich hab genug gehört. Löse dein selbstgemachtes Problem allein, ich kann dir da echt nicht helfen, Alter. Falls das Ganze nicht doch ein Hirngespinst ist.»

Ich war zwar überzeugt, dass er die Wahrheit sagte, doch ich hatte keine Lust, mich auf eine verrückte Aktion einzulassen, die mich Kopf und Kragen kosten konnte.

«Ich bin zu gross für den Einstieg», wandte er ein.

«Aber du hättest Platz. Ich bräuchte nur das Geld, um meinen Nachbarn auszuzahlen. Vom Rest will ich nichts. Die zusätzliche halbe Million würde dir gehören.»

«Ich brauche keine halbe Million», sagte ich.

Zwei Stunden später kletterte ich durch den Lüftungsschacht.

Ich hatte das Abzugsgitter entfernt, war einige Stufen hinaufgekraxelt und nahm die Verzweigung nach links. Es war eng, heiss und stickig, und das Brecheisen, das Harry mir auf den Rücken geschnallt hatte, behinderte mich beim Vorwärtskommen auf allen Vieren.

Ich hatte Harry gefragt, ob es zum Safeknacken nicht einen Schweissbrenner oder so was brauche, doch Harry hatte abgewinkt und gesagt, es sei ein uraltes Modell, das mit brachialer Gewalt geöffnet werden könne. Einbrecher würden nicht durch den Tresor abgeschreckt, sondern durch die mit einem Zahlencode geschützte Stahltür zum Direktionszimmer. Die wir ja umgingen, weil ich direkt im Büro über dem Schreibtisch landen würde. Woher Harry all diese Informationen hatte, war mir schleierhaft. Aber vermutlich war es besser, wenn ich so wenig wie möglich wusste.

Die Hitze im Schacht wurde unerträglich, ich schwitzte in die gelben Putzhandschuhe, die mir Harry vorsorglich angezogen hatte, damit ich keine Fingerabdrücke hinterliess. Noch etwa zehn Meter, hatte mir Harry gesagt, danach käme die Luke.

Ich erreichte eine Plattform mit einem Gitter, durch das ich die Umrisse von Möbeln von oben erkennen konnte. Mit dem Schraubenzieher – Harry hatte wirklich an alles gedacht, was hätte er bloss getan, wenn ich nein gesagt hätte? – lockerte ich die vier Kreuzschrauben. Was mit den Handschuhen, die mir viel zu gross waren, gar nicht einfach war. Endlich konnte ich den Gitterdeckel hochheben und legte ihn zur Seite. Darunter tauchte senkrecht ein Rohr auf. Und das war wirklich verdammt eng. Es war nur etwa zwei Meter lang, hatte aber einen so geringen Durchmesser, dass eigentlich nur ein Kind hätte hindurchkriechen können.

Oder ich.

Ich quetschte mich durch die Öffnung, hörte, wie die Brechstange, die quer lag, das Metall aufkratzte, hielt den Atem an. Gelangte zentimeterweise nach unten. Bauch rein, Brust rein, Arsch rein – dann rutschte ich durch die Luke und spürte unter meinen Füssen einen Widerstand. Erneut ein Gitter. Ich trat darauf, merkte, wie der Verschluss nachgab, wie der Deckel sich lockerte, trat nochmals heftig zu, dann fiel das Metallteil nach unten und landete auf einem Pult. Meine Füsse hingen im Leeren, mein Körper war im Rohr verkeilt. Ich schob und wand mich nach unten, zappelte mich frei – und hatte es endlich geschafft. Mit einem eleganten Sprung landete ich auf dem Schreibtisch.

Ich sah mich in Portmanns Büro um. Protziger Raum, viel Prunk und Kitsch und Nippes. Überall standen Bronzeskulpturen rum, Fische, Seepferdchen, ein Wal mit geöffnetem Maul, in dem ein kleiner Junge sass – vermutlich der biblische Jona – daneben Meeresgott

Neptun höchstpersönlich mit Dreizack, Bart und bösem Grinsen. Nur wenig Licht drang von der Aussenbeleuchtung des «Aquatempels» durchs Fenster. Dunkel genug, um nicht entdeckt zu werden. Hell genug, um in Ruhe arbeiten zu können.

Der Tresor war nicht versteckt. Es schien ein antikes Modell zu sein, war mit «Wilson Brothers, San Francisco 1902» angeschrieben und mit allerlei Jugendstilverzierungen versehen. Er stand neben einem Regal mit Spirituosen, Gläsern und – wer hätte das gedacht – weiteren Bronzefiguren. Robben, Muscheln, Nixen. Unser Boss schien eine romantische Ader zu haben, von der wir keine Ahnung hatten.

Ich kniete mich zum Safe runter, stiess die Brechstange in die Ritze zwischen Tür und Rahmen und drückte sie nach links. Nichts geschah. So einfach, wie Harry mir hatte weismachen wollen, schien das Ganze doch nicht zu sein. Ich versuchte es nochmals. Am oberen Rand, am unteren, dann bei den Angeln. Nichts. Ich probierte, den Kasten hochzuheben und zu verschieben, um zu sehen, ob es an der Rückwand eine Möglichkeit gäbe, doch er war zu schwer. Immer mehr Schweiss lief mir übers Gesicht.

In diesem Moment klingelte mein Handy. Ich sah, dass es Harry war.

«Was ist?», fragte ich.

«Bist du drin?»

«Im Zimmer ja. Im Safe nicht.»

«Gibt's Probleme?»

«Kann man wohl sagen. Das Teil ist verschlossen wie eine orientalische Jungfrau.»

«Wieso orientalisch?»

«Harry! Darum geht es nicht!», stiess ich aus. «Es sieht so aus, als könnte ich das verdammte Ding nicht öffnen.»

«Das darf doch nicht wahr sein!», jammerte er. «Wenn mich mein Nachbar ... ich kann doch nicht in den Knast ... ich würde zugrunde gehn ...»

«Heulst du etwa, Alter? Das hilft mir hier auch nicht.»

«Tschuldigung», schniefte er. «Bitte versuch's nochmal. Streng dich halt etwas an.»

«Was meinst du, was ich die ganze Zeit getan hab?»

Ich steckte das Handy zurück in meine Hosentasche und wuchtete das Brecheisen oberhalb des Schlosses in die Spalte. Es knackte. Ich drückte zu wie ein Irrer, presste das Metall zur Seite, spürte, wie sich etwas bewegte, und gab ermutigt vom Etappenerfolg mein Letztes.

Die Tresortür sprang auf.

Ich liess die Brechstange zu Boden fallen.

Und starrte in den Safe. Geldscheine. Viele Geldscheine. Gebündelt und aufeinandergestapelt. Zwanziger, Fünfziger, Hunderter. Sogar ein paar Tausender. Harry hatte recht gehabt. Diese Sache war es wert. Sollte er seinen Erpresser besänftigen, damit er wieder ruhig schlafen konnte – ich würde von meinem Anteil eine mehrjährige Weltreise machen. Zuerst mit der Transsibirischen Eisenbahn von Moskau nach Peking, dann weiter über Nepal nach Indien, Thailand, Indonesien, Australien und Neuseeland ...

Während ich die Geldscheine in den Seesack aus festem Kunststoff stopfte, den Harry mir zugesteckt hatte, tanzte ich in Gedanken mit den Südseeschönheiten auf den Fidschi-Inseln, segelte mit einer blau-weissen Yacht quer über den Pazifischen Ozean, trotzte Wind und Wetter und erreichte Feuerland. Ich bereiste Süd- und Nordamerika, bezwang den Atlantik und trampte durch Afrika – während meine Hände weitere Geldbündel verstauten. Ich sah mich Jahre später nach Hause zurückkehren, ein glücklicher, welterfahrener Mann, der wunderbarerweise um 20 Zentimeter gewachsen war.

Ich packte die letzten Scheine ein. Der Safe war leer, der Sack war voll. Jetzt nichts wie weg. Ich stieg auf den Schreibtisch, wollte mich zum Abzugsgitter hinaufziehen – da erstarrte ich. Stimmen waren zu hören.

Sie kamen vom Gang her, näherten sich, schon konnte ich zwei Männer unterscheiden. Sie mussten in den nächsten Sekunden hier sein. Schnell sprang ich zum Schacht hoch, zog mich an der Kante empor – da wurde die Tür aufgerissen. Während ich noch mit baumelnden Beinen wie ein Depp an der Luke hing, schrie einer: «Matz! Runter mit Ihnen, aber sofort!»

Ich weiss, wann ich verloren habe. Der Tanz mit den Fidschi-Schönheiten zerbröselte vor meinen Augen, die blau-weisse Yacht sank, und ich schrumpfte wieder 20 Zentimeter. Ich liess mich zurück auf den Schreibtisch gleiten, stieg von dort auf den Boden – und sah meinem Boss ins Gesicht. Er trug Anzug und Krawatte, war bleich, fett und schaute unbeschreiblich triumphierend auf mich herunter. Neben ihm stand Harry.

«Sehen Sie, Herr Portmann», schleimte Harry. Nichts Weinerliches lag mehr in seiner Stimme. «Ich sagte Ihnen doch, er würd drauf einsteigen.»

«Verräter», zischte ich ihm zu.

Portmann hielt eine kleine Pistole in der Hand und zielte auf mich. «Ziehen Sie Ihre dämlichen Handschuhe aus.»

Ich tat es.

«Und nun legen Sie das Geld zurück in den Safe. Und hinterlassen Sie dabei so viele Fingerabdrücke wie möglich.»

Auch das tat ich.

Als die Monatseinnahmen wieder schön gebündelt dalagen, scheuchte Portmann Harry mit der Waffe zu mir hinüber. «In die Ecke, ihr beiden!»

«Aber Herr Portmann», stotterte Harry, «wir arbeiten doch zusammen … Mein Anteil … wir haben doch abgemacht   »

«Meinst du, ich mache Geschäfte mit solch einem Halbaffen wie dir?»

Ich sah zu Harry, der ungläubig den Kiefer aufklappte, und sagte: «In was für eine Scheisse hast du uns da reingeritten! Was ist mit deinem Nachbarn? Der Erpressung? Deiner Mutter?»

Portmann stiess ein spöttisches Lachen aus. «Harry ist als Waisenkind aufgewachsen – er hat seine Mutter noch nie gesehen. Der Orchideenzüchter und die brennende Scheune existieren ebenfalls nicht!»

Ich hätte mir die Haare raufen können, dass ich so blöd gewesen war, auf Harrys Story reinzufallen. «Aber warum …?»

«… wir das Ganze hier inszenieren?» Portmann fühlte sich sichtlich überlegen. «Weil ihr zu dritt gewesen seid, die meinen Tresor ausgeraubt und die drei Millionen erbeutet habt.»

«Zu dritt? Drei Millionen?», machte Harry. «Sie haben doch von einer Million gesprochen. Eine halbe für mich. Und Matz wandert als Alleintäter in den Knast.»

Ich warf ihm einen hasserfüllten Blick zu, während Portmanns Pistole noch immer auf uns gerichtet war.

«Der Dritte von euch Gangstern», fuhr unser Boss ungerührt fort, «konnte als Einziger mit dem Grossteil der Beute entkommen, als ich ihn auf frischer Tat ertappt habe. Nur eine Million hat er zurücklassen müssen. Wirklich tragisch. Zum Glück bin ich gut versichert. Die verlorenen zwei Millionen werde ich zurückerstattet bekommen.»

«Damit kommen Sie nie durch!», warf ich ein.

«Ach, meinst du, Kleiner?» Portmann griff nach der Bronzebüste einer besonders kitschtriefenden Nixe und drückte sie mir in die Hand. «Los, zahl's deinem Freund heim.»

«Wie bitte?»

«Schlag ihm auf den Kopf! Leg ihn um! Er ist entbehrlich für diese Aktion.»

«Sind Sie wahnsinnig? Ich bring doch niemanden um!», rief ich und fügte mit einem Seitenblick auf Harry hinzu: «Obwohl es dieser Hurensohn bei Gott verdient hätte.»

Portmann kam auf mich zu. Zielte mit der Knarre direkt auf meine Stirn. «Ich spasse nicht, Kleiner. Du schlägst jetzt diesen Idioten nieder, oder ich töte dich.»

«Bitte nicht», winselte Harry, doch Portmann achtete nicht auf ihn.

«Und wieso sollte ich das tun?», wagte ich zu fragen, obwohl mir die Waffe doch einigen Respekt einflösste.

«Weil du als Einbrecher nach ein paar Jahren wieder draussen bist und dich an mir rächen kannst. Als Mörder sitzt du lange. Sehr lange. Los jetzt, schlag zu!»

«Ich denk nicht im Traum dran.»

Harry wich zur Seite, Portmann folgte ihm mit der Pistole. Ich hob die Nixe langsam hoch, wollte mich im Notfall verteidigen können, so läppisch das auch klingt, doch Portmann war schneller. Er riss mir die Bronzestatue aus der Hand und liess sie mit unglaublicher Wucht auf Harrys Schädel sausen.

Ein einziger Schlag genügte.

Harry brach zusammen, während ihm ein kindliches Quietschen entwich. Ich konnte in seiner klaffenden Kopfwunde etwas Weissliches erkennen und erinnere mich daran, gedacht zu haben: «Viele Hirnzellen werden da wohl nicht draufgegangen sein», dann wurde mir schwarz vor Augen.

So ist das also gekommen, diese ganze Sache mit der Leiche. Die natürlich mir angehängt wurde. Denn die Polizei fand meine Fingerabdrücke nicht nur auf dem Tresor und den Geldscheinen und überall im Zimmer, sondern auch auf der Tatwaffe, der bronzenen Nixe. Darum sitze ich jetzt hier. Zelle 53, Westflügel, Einzelhaft.

Portmann ist – nach einer von der Krankenkasse bezahlten Wellnesskur, um das traumatische Erlebnis des Einbruchs zu verkraften – ein freier und reicher Mann. Er ist Politiker einer rechtsbürgerlichen Partei geworden und setzt sich für die lebenslange Verwahrung von Straftätern ein. Hab ich alles im Gefängnisblatt gelesen, das wir hier einmal pro Woche erhalten. Ich weiss auch, wo er wohnt. Er ist nämlich umgezogen, in eine vornehme Seegemeinde, keine halbe Stunde zu Fuss von hier. Hab ein Foto seiner Villa gesehen. Sein Privatbüro soll sich im oberen Stock befinden. Das Haus ist schön, umgeben von Efeuranken und anderen Pflanzen, an denen man prima hochklettern kann. Ich denk mir mal, mit dem Geld, das er dort hortet, könnte man eine Weltreise machen. Sie wissen schon, Indonesien, Australien, Neuseeland; Pazifiküberquerung auf der blau-weissen Yacht, Tanzen mit den hübschen Fidschi-Frauen.

Morgen werde ich versetzt. Von der Gefängnisbibliothek in die Küche. Wegen meiner flinken Finger, wie man mir sagte. Hab mir meinen neuen Arbeitsort schon angeschaut. Super Lüftungsschächte.

Luzern – Chicago

Zwei Stunden vor dem ersten und letzten Mord, den Julia je in ihrem Leben begehen würde, löste sich ein Minischneebrett von einem Hausdach und landete auf ihrer scharlachroten Dauerwelle. Verärgert wischte sich Julia den Schnee vom Kopf. Hunderte dickvermummter Passanten, die sich genauso gut als Landeplatz für heimtückische Stadtlawinen angeboten hätten, stapften unbehelligt die Luzerner Hertensteinstrasse entlang durch den Matsch – doch Julia kriegte die weisse Ladung ab. Wieder einmal war sie getroffen worden. Und nur sie.

Das war ja nichts Neues. Als Gott den Inhalt der Kiste «Heimsuchungen aller Art» über die Menschheit geschüttet hatte, musste ihm über Julia die Hand ausgerutscht sein. Julia hatte sich nach ihrer öden Kindheit in eine linkische Jugendliche verwandelt, die niemandem in die Augen schauen konnte, und war bei der Schulabschlussdisco von Eberhard – klein, übergewichtig und mit einer Stupsnase, die wie eine Skischanze gen Himmel ragte – zum Tanzen aufgefordert worden. Leider hatte sie zugesagt. Sie wurden zum Gespött des Abends.

Nach einer völlig unpassenden Lehre im Mode-Versandhaus «Lindemann und Föhn», deren einziger Zweck sich darin erschöpft hatte, dem Chef das optimale Schaumhäubchen auf dem Kaffee zu präsentieren, heiratete sie kurze Zeit später. Inzwischen nannte sie eine unübersichtliche Zahl Familienmitglieder ihr eigen, die aus ihrem Mann Eberhard (der sich unterdessen Hardy rufen liess) und mehreren pubertierenden Töchtern bestand sowie einem längst überfälligen Pudel, zwei Meerschweinchen mit verdächtig dicken Bäuchen – «garantiert Männchen», hatte ihre Jüngste versichert – und einer Horde Hamster, die sich schneller vermehrte als Fruchtfliegen.

Nun war Julia Ende dreissig. Ihre Ehe mit Hardy war im Eimer, die Kinder waren missraten. Zu alledem stand sie eigentlich auf Frauen, was ihr leider erst in ihrer Hochzeitsnacht klargeworden war. Gleich nach der Trauung waren sie nach Mallorca geflogen, die Nacht sollte etwas Besonderes sein. Hardy hatte die Hotelboys beauftragt, das französische Doppelbett mit Rosenblüten zu bestreuen. Als sie nach dem opulenten Viergangmenü auf ihr Zimmer kamen, war die Bettdecke mit muffig riechenden Nelkenblättern übersät, da die Boys in der Eile keine Rosen hatten auftreiben können. Ihr Frischvermählter konnte sich nicht mehr zurückhalten und erstürmte Julia sogleich. Er warf sie aufs Bett, drang in sie ein, stöhnte eine Minute, bäumte sich kurz auf und schlief danach selig wie ein Säugling an ihrem Busen ein. Julia lag auf den welken Nelken und murmelte in die Stille, die nur durch sein Schnarchen unterbrochen wurde: «Und das soll alles sein?» Doch da war es schon zu spät. Sie wurde in dieser Nacht schwanger, verdrängte ihre Sehnsüchte nach liebevollen Frauenhänden, die sie beglückten, und hoffte, sie würde sich an Hardy gewöhnen. So ein übler Kerl war er ja gar nicht, andere schlugen ihre Gattinnen oder besuchten Prostituierte. Was das anging, hatte er immerhin seine Prinzipien.

Julia hatte ausser dem Krimilesen keine Interessen. Ihr Alltag war weder interessant noch abenteuerlich, geschweige denn verwegen. Das einzig Verwegene in ihrem Leben war die scharlachrote Dauerwelle. Und ihre Mitgliedschaft bei der Al-Capone-Vereinigung natürlich. Wobei Mitgliedschaft sogar untertrieben war. Julia hatte den Verein selber gegründet und leitete ihn seit etlichen Jahren. Luzern pflegte ja mehrere Städtepartnerschaften. Unter anderem mit Olomouc und Cieszyn, wo immer sich diese Orte auch befinden mochten – und mit Chicago. Was für Julia etwas ganz Besonderes bedeutete, denn es war die Stadt des legendären Gangsters Al Capone. Schon als Kind hatte sie ihn bewundert, verkörperte er doch all das, was sie in ihrem Leben vermisste. Als Luzern 1999 die Partnerschaft mit der amerikanischen Grossstadt einging, hatte Julia zum erstenmal Initiative gezeigt und die Al-Capone-Vereinigung ins Leben gerufen. Sobald sich das 100. Mitglied anmeldete – so nahm sie sich vor –, würde sie eine Jubiläumsreise nach Chicago organisieren. Als Erstes würde sie die bekannte «Al-Capone-Bar» mit ihren Live-Jazzkonzerten in der South Michigan Avenue besuchen und sich einen Brandy hinter die Binde kippen.

Die Realität sah anders aus. Ausser ihr gab es noch ein einziges Mitglied, eine ältere Dame aus Emmen, die bei jeder Unstimmigkeit mit dem Austritt drohte. Bis jetzt warteten sie vergeblich auf Neuanmeldungen, doch Julia verschickte tapfer ihren Newsletter, aktualisierte die Website und plante regelmässig Veranstaltungen, die sie jeweils kurz vor dem Termin mangels Anmeldungen annullierte. Neulich hatte sie einen Imitations-Fotowettbewerb online geschaltet: Wem es gelänge, Al Capone glaubhaft darzustellen, dem winke ein gerahmtes Poster des Unterweltkönigs. Es hatte sich niemand gemeldet.

Anderthalb Stunden vor dem Mord kaufte sich Julia eine grosse Portion Marroni, da sie heute keine Lust hatte zu kochen. Sie schlenderte durch die Gassen, betrachtete die Auslagen der Läden mit all den Engeln, Schneemännern und Nikoläusen und bog dann in die Hirschmattstrasse ein. Es war wieder ein ätzender Arbeitstag gewesen. Ihr Job hatte sich in all den Jahren nicht verändert. Der Chef kriegte zwar sein Schäumchen inzwischen selbständig auf die Reihe, doch Julias Arbeit bestand aus nichts anderem als dem Entgegennehmen von Reklamationsanrufen. Sie musste vertrösten, erklären und beschwichtigen. Das beige Deux-Pièce «Abendblüte» sei zu bieder, hatte heute eine Anruferin gemeint, der anthrazitfarbene Hosenanzug «Frau von heute» hänge zu schlaff um die Taille, behauptete eine andere, und das kleine Schwarze, schimpfte ein Mann, sei nicht klein genug. Was erwarteten die Leute denn von einem Versandhaus, das mit dem Slogan warb: «Lindemann und Föhn – altbewährt ist schön»?

Ein kalter Windstoss fegte durchs Quartier. In zwei Tagen war Weihnachten. Da sie von Hardy nichts erwarten konnte, von dem er nicht selber profitierte, wie etwa von einem doppelstöckigen Dampfkochtopf mit herausnehmbarem Abtropfsieb oder einem Jahresabo der Zeitschrift «Angeln heute», betrat sie die Buchhandlung «Hirschmatt», um sich selbst zu beschenken. Sie entdeckte den neuesten Adler-Olsen-Krimi und kaufte ihn kurzerhand. Dann stapfte sie weiter, immer darauf bedacht, herabstürzenden Schneebrettern auszuweichen. Sie kam am «Big Point Tattoo Shop» vorbei, aus dem gerade eine junge Frau mit schmerzverzerrtem Gesicht trat und sich die Schulter hielt. Julia fragte sich, womit die Frischtätowierte ihren Körper geschmückt hatte. Maori-Muster? Ein Einhorn? Kevin forever? Zu Beginn ihrer Ehe hatte Hardy tatsächlich ein Herz mit Julias Namen auf seinen Unterarm stechen lassen wollen. Doch Julia hatte ihn mit den Worten «und was, wenn wir uns einmal trennen?» davon abgehalten. «Wir trennen uns nie, mein Schatz», hatte er geantwortet. «Wir sind füreinander geschaffen.» Von wegen. Julia guckte sich immer wieder seufzend nach schönen Frauen um. Und Hardy auch. Peinlicherweise hatten sie den gleichen Geschmack. Beide fuhren auf grosse Dunkelhaarige ab.

Eine Stunde vor dem Mord kam Julia zu Hause an. Herkules, ihr Pudel, empfing sie mit halbherzigem Wedeln. Er war der Inbegriff von Faulheit. Wenn sie mit ihm Gassi ging, war er zu bequem, sein Bein zu heben, und bepinkelte sich regelmässig selbst. Jetzt schaute er sie unter seinen schlaffen Augenlidern hervor an, befand sie für zu wenig unterhaltsam und trottete wieder davon. Hardy war mit seinen Kollegen beim Kegeln wie jeden Freitagabend. Die drei Töchter pflegten ihre obligate Freizeitbeschäftigung – Kiffen, Chillen und Wodka Lemon trinken im Kreise ihrer gepiercten, chattenden und twitternden Freundinnen. Nein, die Erziehung war Julia nicht geglückt.

Eine halbe Stunde vor dem Mord klingelte das Telefon. Herkules, der sich zu ihren Füssen niedergelassen hatte, hob kurz die Ohren, dann döste er wieder weg. Julia stellte ihren Tee neben den Adventskranz aufs Glastischchen und nahm den Anruf entgegen. Eine fremde Stimme meldete sich. Sie klang heiser, als wollte der

Sprecher – es handelte sich um einen Mann mit unangenehm starkem Zürcher Dialekt – entweder nicht erkannt werden oder als hätte er seine letzten Abende in einer rauchgeschwängerten Bar verbracht. Sofern es solche noch gab.

«Hören Sie mir überhaupt zu?», krächzte der andere. «Ich habe Sie gefragt, ob Sie Julia Brenner sind!»

«Entschuldigen Sie», stammelte Julia. «Ich dachte gerade an rauchgeschwängerte Bars.»

«Wie bitte? Verdammt, sind Sie Julia Brenner oder nicht?»

«Ja, die bin ich. Mit wem spreche ich?» Die Unhöflichkeit des Mannes ging ihr gehörig auf den Keks.

«Sie haben etwas, das mir gehört», fuhr der andere fort.

«Ich wüsste nicht, was das sein sollte. Ich kenne Sie ja gar nicht.»

Eine Sekunde lang herrschte Stille. Dann fragte der andere: «Sind Sie allein zu Hause?»

«Was geht Sie das an! Ich lege jetzt auf. Übrigens ist mein Mann da. Und zwei seiner Freunde. Nein, drei.»

Ein fieses Kichern erklang aus dem Hörer. «Natürlich. Warum nicht gleich ein Dutzend.»

In diesem Moment schellte die Türglocke.

Herkules zeigte kein Anzeichen von Interesse, schnarchte zufrieden vor sich hin und sabberte auf seine Pfoten.

«Hören Sie das?», flötete Julia triumphierend in den Hörer. «Es läutet. Da kommt noch ein weiterer Freund meines Mannes zu Besuch. Adieu.»

Sie legte auf und marschierte durchs Wohnzimmer. So was Seltsames! Was hatte der Typ bloß gewollt? Sollte das ein Scherz sein? Vielleicht wurde das ganze Gespräch demnächst in einer dieser Sendungen mit versteckter Kamera ausgestrahlt. Hatte sie sich lächerlich gemacht? Sie überlegte eine Sekunde, während sie zur Tür ging. Nein, sie konnte sich nichts vorwerfen. Sie war sogar aussergewöhnlich erfinderisch gewesen. Die Nation hatte keinen Grund, über sie zu lachen. Sie drehte den Schlüssel und drückte die Klinke hinunter.

Da knallte die Tür gegen ihren Kopf. Julia prallte zurück.

«He! Was soll das?», rief sie, während sie sich an der Wand abstützte.

Ein Mann drang ein. Dichter Vollbart, dunkle Brille, Wollmütze tief ins Gesicht gezogen. «Hallo, Schätzchen», feixte er. «Sie haben was, das mir gehört.» Zürcher Dialekt, etwas heiser. Wie konnte sie nur so dumm sein! Das war kein billiger Kamera-Trick, das war bitterer Ernst.

Er kickte die Tür mit dem Fuss ins Schloss, sperrte ab und steckte den Schlüssel ein. Bevor sie reagieren konnte, legte er den Zeigefinger auf ihre Lippen und flüsterte: «Keinen Mucks, sonst muss ich die hier gebrauchen.» Er tippte auf die Pistole, die in seinem Gürtel steckte.

Julia erstarrte vor Schreck.

Dann entspannten sich ihre Nerven. Aber natürlich – der Mann hatte ihre Online-Ausschreibung gesehen und bewarb sich für den Al-Capone-Fotowettbewerb. Allerdings schien er die Bedingungen nicht genau gelesen zu haben. Von Einbruch war nie die Rede gewesen. Auch entsprach seine Aufmachung nicht ganz derjenigen des echten Gangsters.

«Mit diesem Outfit», sagte sie, «gewinnen Sie nie.»

Zügig durchpflügte er den Eingangsbereich, ging zum Telefon und durchtrennte das Kabel. Er stieg über Herkules, der im Tiefschlaf dümmlich vor sich hinzuckte, dann sagte er: «Her mit dem Handy!»

Offensichtlich hatte sie sich geirrt. Es ging nicht um den Wettbewerb. «Ich habe kein Handy.»

«Los, rücken Sie's raus! Ich tu Ihnen nichts, wenn Sie die Klappe halten und mich in Ruhe arbeiten lassen.»

Widerwillig übergab sie ihm ihr Mobiltelefon.

Dann drängte er sie ins Schlafzimmer.

«Aber ...!», rief sie. «Was suchen Sie überhaupt? Wir haben keine Wertsachen im Haus.»

Er schob sie zum Bett. «Es wird nicht lange dauern.»

«Ich verstehe nicht.»

«Das brauchen Sie auch nicht.» Er verschloss das Schlafzimmer und liess den Schlüssel ebenfalls in seiner Hose verschwinden. Mit einer raschen Bewegung zog er ein Paar Handschellen hervor, schnappte sich ihr rechtes Handgelenk und kettete sie schneller ans Bettgestell, als sie «Pfoten weg, Sie Unhold!» sagen konnte.

Sie rüttelte an der Handschelle und schaute ihn vorwurfsvoll an. «Lassen Sie mich sofort wieder frei!» Als er keine Anstalten machte, liess sie sich entnervt auf die Matratze fallen.

«Wenn Sie schreien», knurrte er, «blas ich Ihnen das Gehirn aus dem Kopf. Obwohl das nicht allzu gross sein dürfte. Haben Sie kapiert?»

Sie nickte beleidigt.

Dann riss der Mann die Tür des Einbauschranks auf. Hardys gebügelte Hemden kamen zum Vorschein, alle in

Weiss. Daneben seine Anzüge, graue, dunkelblaue und schwarze. Besonders experimentierfreudig war er noch nie gewesen, was Farben betraf. Auch sonst nicht. Er hatte keine Hobbies – ausser Kegeln und einmal im Jahr Angeln am Ägerisee –, keine Leidenschaften, geschweige denn Charaktertiefe, die zu erkunden sich lohnte. Wenn sie ihm heute abend erzählte, was sie erlebt hatte, würde ihn womöglich eine Herzattacke dahinraffen.

Julia starrte auf den Eindringling, der die Anzüge auf der Stange zur Seite schob. «Falls Sie ein Fetischist sind», sagte sie, «meine Kleider sind nebenan. Möchten Sie lieber BHs oder Höschen?» Vielleicht konnte sie ihn mit ein paar alten Fetzen abspeisen, so dass er wieder abhaute, ohne sie weiter zu belästigen.

«Behalten Sie Ihren Kram», nuschelte er in seinen Bart, während er die hintere Wand des Schrankes abklopfte. Er nahm einen Schraubenzieher aus seiner Jackentasche und begann, die Rückwand zu lösen.

Julia wunderte sich über gar nichts mehr.

Er drehte an den Schrauben herum, fluchte, als er abrutschte, dann warf er die erste in hohem Bogen hinter sich. Die zweite und die dritte folgten, die Rückwand wurde instabil, weitere Schrauben flogen auf den Teppich. Dann war er fertig. Er packte die Schrankrückwand, zerrte sie an Hardys Kleidern vorbei und stellte sie ans Fenster.

Neugierig guckte Julia in die Öffnung. Es war kohlschwarz dahinter. Staubfusseln stoben heraus, es roch nach Gips und Mörtel.

Der Mann hustete und beugte sich ins Innere. Er zündete eine Taschenlampe an und beleuchtete den Hohlraum, der sich hinter dem Schrank aufgetan hatte.

Julia lugte über seinen Kopf, konnte aber nichts erkennen. Zu gern hätte sie gewusst, was sich dort verbarg. Doch ihre aktuelle Lage liess ihr keine Bewegungsfreiheit. Der Einbrecher ging enorm selbstbewusst ans Werk; sie zweifelte keine Sekunde daran, dass er wusste, was er tat.

«Sie haben früher in dieser Wohnung gelebt?», fragte sie möglichst unverbindlich.

«Schnauze.» Seine Stimme klang gedämpft, während er irgendwo im Schein der Lampe hantierte.

«Sie haben etwas versteckt und möchten es wieder?», machte sie weiter. «Drogen? Waffen? Plutonium?»

Es rumpelte und knarrte, weitere Fusseln segelten heraus, der Mann nieste.

«Gesundheit», sagte Julia höflich.

Ein undeutliches Brummen kam zurück. Dann hievte er einen schweren Gegenstand heraus, stöhnte, als er sich den Kopf anschlug, und wuchtete das Teil auf den Boden. Es war eine hölzerne Truhe voller Staub, Mauerbrocken und Mäusekötel. Er fegte den Dreck mit der Hand auf den Teppich, was Julia ein entrüstetes Schnaufen entlockte.

Doch sie wollte es nicht verderben mit ihm. «Kann ich Ihnen helfen? Möchten Sie die Kiste öffnen?»

«Lady, Sie sind mit Handschellen gefesselt. Sie werden mir bei gar nichts helfen.»

Julia lächelte ihn zuvorkommend an. «Das muss aber nicht so bleiben.»

Er verdrehte die Augen, beugte sich nochmals in den Schrank – und verschwand komplett darin. Der Hohlraum musste grösser sein als vermutet. Nun, da Julia allein im Zimmer zurückgeblieben war, rüttelte sie kräftiger am Bettpfosten und versuchte, sich zu befreien. Als das nichts nützte, erinnerte sie sich wieder an den Streit, den sie und Hardy gehabt hatten, als sie das neue Bett kauften. Sie fand das goldene Röhrengestell von Anfang an potthässlich – er bestand darauf. Natürlich war es nicht mal echtes Gold, sondern eine kitschige Nachahmung. Sie entsann sich der beiden Gewindeteile, die man hatte zusammenfügen müssen. Als gute Hausfrau wusste sie, dass alles, was ineinandergeschraubt wurde, auch wieder auseinandergedreht werden konnte. Hastig suchte sie die Rille, wo beide Teile aufeinandertrafen. Sie drückte, ruckelte und drehte. Das Verbindungsteil lockerte sich. Sie schraubte es weiter auf, bis es sich vom Hauptteil löste. Sie fuhr mit der Handschelle daran entlang – und war frei.

Etwas purzelte zu Boden. Als sie sah, was es war, riss sie die Augen auf. Mitten auf dem Teppich – soeben aus den Innereien des Bettgestells gerutscht – lag eine lange, dünne Stichwaffe. Ein Stilett.

«Nanu?», machte Julia. «Wie ist das denn hier reingekommen?»

Sie nahm die Waffe in die Hand und wendete sie hin und her. Ein schönes Stück. Der Griff war schwarz, die Klinge scharf und silbern.

Ein Fabrikationsfehler der Bettenfirma? Ein Kinderstreich ihrer Töchter? Oder etwas Schlimmeres? Sie dachte kurz an ihren Mann, dann schüttelte sie den Kopf. «Hardy und Geheimnisse? Niemals!»

Aus dem verschlossenen Zimmer konnte sie nicht flüchten. Blieb nur noch, das Fenster zur Strasse zu öffnen und laut zu schreien. Allerdings hatte der Kerl gedroht, ihr das nicht allzu grosse Hirn aus dem Kopf zu blasen. Darum liess sie das mit dem Schreien sein und machte sich daran, den Inhalt der Truhe zu erkunden.

Der Deckel war nicht verschlossen. Sie stemmte ihn hoch – und stiess einen kleinen, spitzen Schrei aus. Dicke Geldbündel lagen darin. Tausende von Euroscheinen, Dollars und englischen Pfund. Daneben zwei Pistolen, eine Schachtel Munition und etwa zwanzig Pässe und Identitätskarten, die mit einem Gummiband zusammengehalten wurden. Julia löste es und schaute sich die Ausweise an. Es waren Pässe aus Deutschland, Grossbritannien, Italien und den USA, einer stammte aus Puerto Rico, einer aus dem Libanon. Jeder lautete auf einen anderen Namen.

Und jeder zeigte das Bild ihres Mannes.

«Hardy!», entfuhr es ihr. «Was soll das?»

Aus dem Hohlraum war ein Poltern zu hören.

Schnell warf Julia die Pässe wieder in die Kiste zurück. Sie hechtete zum Bett, grabschte nach dem Stilett und hielt es hinter ihren Rücken, als sei sie noch immer ans Gestell gekettet. Der Mann kletterte ächzend aus dem Schrank. Er schleppte eine weitere Kiste heran und grinste zufrieden.

«Sind Sie fündig geworden?», fragte sie.

«Hab lange genug auf diesen Moment gewartet», antwortete er leutselig. Ein Stück seines falschen Bartes hing von seiner Wange, das rasierte Kinn kam darunter zum Vorschein. «Ihr Mann ist nicht der, für den Sie ihn halten.»

«Tatsächlich?» Sie umklammerte eisern den Griff ihrer Waffe.

«Jetzt, da ich Gewissheit habe, dass er der Abtrünnige ist, den ich gesucht habe, muss ich ihn leider aus dem Verkehr ziehen. Und Sie auch. Das verstehen Sie sicher, nicht wahr?»

«Aber selbstverständlich», pflichtete sie ihm bei. «Sie sind vom Geheimdienst?»

Er nickte anerkennend. «Wie haben Sie das erraten?»

«Ach.» Sie winkte bescheiden ab. «Hausfraueninution.»

«Ich tue es nicht gern, glauben Sie mir», fuhr der Agent fort. «Aber es muss sein.» Er fuhr langsam mit der Hand zum Gürtel hinunter und wollte nach der Pistole greifen.

Das war der Moment, da Julias schlummernde Amazone zum Einsatz kam. Sie schnellte hervor, warf sich auf ihn und bohrte ihm das Stilett ins Herz. Es fuhr so leicht durch seinen Körper, als wäre er aus Butter. Der Mann erstarrte, blieb mit erstaunt aufgerissenen Augen stehen. Dann zog er die Stichwaffe zwischen seinen Rippen hervor. Ein Schwall Blut strömte aus der Wunde. Das Stilett fiel ihm aus der Hand, er röchelte, seine Beine knickten ein. Sein Kopf schlug auf dem Boden auf.

Julia wartete in sicherer Entfernung. Sie betrachtete seinen Brustkorb, der sich noch ein paarmal hob und senkte, kurz darauf hatte der Spion sein Leben ausgehaucht. Genau genommen war das kein Mord, nicht mal vorsätzliche Tötung, sondern Notwehr. Eigentlich schade. Als Mörderin wäre sie Al Capone irgendwie näher gewesen. Kurzerhand deklarierte Julia ihre Tat innerlich als kaltblütigen Mord. Das fühlte sich schon viel besser an.

Nun hatte sie viel zu tun. Als Erstes suchte sie den Schlüssel zur Handschelle, die noch immer an ihrem rechten Handgelenk baumelte, fand ihn und befreite sich von dem Teil. Schwungvoll warf sie es in den Schrank. Dann öffnete sie begierig die zweite Truhe.

Akten lagen darin, unzählige handgeschriebene Papiere, Computerausdrucke und Dokumente. Julia überflog sie. Von einem Agenten «HB71» war die Rede, und je länger sie las, desto klarer wurde ihr, dass damit Hardy gemeint war. «1998, Einsatz in Libyen», erfuhr sie, dann folgten weitere Jahreszahlen und Orte wie Mogadischu, Washington und Islamabad. In den letzten Jahren schienen die Einsätze vor allem im Inland gewesen zu sein. Deshalb hatte Hardy die falschen Pässe wohl nicht mehr gebraucht, und die Kisten waren verstaubt. Die Aufträge, die ihr Mann hatte ausführen müssen, drehten sich, soweit sie die Geheimdienst-Sprache verstand, um das Ausspionieren brisanter Technologien, die Entschlüsselung geheimer Akten und das Eliminieren einflussreicher Personen.

«Eliminieren!», murmelte sie tonlos.

Als sie die Seiten weiter überflog, erregte einer der Einträge ihre besondere Aufmerksamkeit: «Regelmässige Berichterstattung freitags in der Zentrale», stand dort. Und darunter «Tarnung: Kegelabend mit Freunden».

Julia war empört. Sie hatte all die Jahre geglaubt, er sei mit seinen Kumpels im Bowlingcenter gewesen – stattdessen hatte er Mordaufträge besprochen. Das war zu viel! Ihre Töchter hielten sie für eine langweilige alte Schachtel, ihr Pudel ignorierte sie, die Hamster quietschten erschreckt auf, wenn sie sie fütterte – und nun auch noch Hardy.

Plötzlich wusste sie, was zu tun war.

Sie stopfte die Akten zurück und stapelte die Geldscheine auf dem Teppich. Wenn sie es richtig überschlagen hatte, musste es sich um mehrere Millionen in internationalen Währungen handeln. Konnte sie gut gebrauchen. Übermorgen war Heiligabend. Sie würde sich einen langgehegten Wunsch erfüllen. Mit Elan wuchtete sie die beiden Kisten zurück in den Hohlraum.

Nun kam der schwierigere Teil. Der tote Kerl. Der musste weg.

Sie packte ihn an den Füssen und zog ihn zum Schrank. Die Pistole schepperte über den Boden. Julia hatte keine Ahnung gehabt, wie schwer und sperrig so eine Leiche war. Erlebte man ja nicht alle Tage. Mit Mühe gelang es ihr, den schlaffen Körper in den Schrank zu bugsieren, ihn in den Raum dahinter zu schieben und an die Mauer zu lehnen. Sein Kopf kippte zur Seite, sein Kiefer klappte auf.

Sie griff in die Hosentasche des Toten und fischte den Schlafzimmer- und den Wohnzimmerschlüssel heraus, die der Mann dort verstaut hatte. Dann packte sie die Schrankrückwand und schraubte sie wieder an. Sie verteilte Hardys Hemden gleichmässig auf der Stange und schloss die Schranktür. Mit ihrem super saugfähigen Kaltdampf-Staubsauger «Cool'n'clean» (Hardys letztjährigem Weihnachtsgeschenk) schaffte sie es, die Blutspuren auf dem Teppich komplett zum Verschwinden zu bringen. Als Letztes wischte sie die Fingerabdrücke vom Stilett, schob es wieder ins Bettgestell und drehte dieses zusammen. In etwa drei Tagen würde es hier anfangen zu stinken. Aber das war nicht ihr Problem.

In wenigen Minuten hatte sie gepackt. Die gebündelten Geldscheine, den königsblauen Pullover, die guten Schuhe, mehr brauchte sie nicht. Dann trat sie in die kalte Winternacht.

Ein paar Tage später sass sie am Tresen der «Al Capone»-Bar in der South Michigan Avenue in Chicago. Im oberen Stock hatte sie ein Zimmer gemietet. Ein junges Quartett, bestehend aus zwei Schwarzen und zwei Weissen, spielte auf der Bühne dezente Jazzmusik. Neben dem Regal mit Dutzenden von Whisky-, Rum-, Baccardi- und anderen Flaschen hing ein Plakat von Luzern. Die Kapellbrücke war darauf zu sehen. Die klassische Ansicht, vor dem Brand. Auf dem Bild stand: «We love Lucerne – our partner city». Ein wohltuender Hauch von Wehmut erfasste Julia. Sie nippte an ihrem Brandy. Schaute sich um, lauschte der Musik. Fühlte sich rundum gut. Ja, mehr als das. Sie hatte heute die Liebe ihres Lebens gefunden.

«Tiffany», murmelte sie und schaute lächelnd auf die grosse, dunkelhaarige Schönheit, die neben ihr sass. Tiffany lächelte zurück und nannte sie «Honey». Stundenlang hatten sie sich unterhalten, über Gott und die Welt geredet, Julia in ihrem holprigen Schulenglisch, Tiffany mit einem exotischen Akzent, den Julia nicht einordnen konnte. Nun würde ihr Leben endlich die Wende nehmen, die sie sich immer erhofft hatte. Einen Moment dachte sie an die Leiche zu Hause, die wohl inzwischen vor sich hinmüffelte. Es war Zeit für ihren Anruf. Sie nahm ihr neues Prepaid-Handy und wählte die Nummer der Schweizer Polizei. Als eine Dame sich meldete, teilte sie ihr mit, man solle bitte Hardy Brenners Wandschrank unter die Lupe nehmen. Und ihn selber am besten auch. Er sei nicht ganz koscher.

Die Musiker spielten «Take five» von Dave Brubeck. Der Lärmpegel schwoll an, es roch nach Anisschnaps, irgendwo klirrte Glas. Tiffany verschwand kurz Richtung Toilette. Julia summte die Melodie mit. Sie trank einen weiteren Schluck Brandy. Er schmeckte bitter und verheissungsvoll, genau so, wie Al Capone ihn genossen hätte. Sie war erfüllt von Glück, berauscht, ja richtig schwindlig. Das Luzern-Plakat verschwamm vor ihren Augen, wurde heller, greller. Farben entstanden, rot, orange, gleissend-gelb. Plötzlich brannte die Kapellbrücke. Die Flammen züngelten ums Holz, frassen sich in die Brücke, verschlangen sie. Die Hitze bahnte sich ihren Weg in Julias Kehle. Ihr Atem stockte.

In diesem Moment ertönte ein Piepsen. Julia tappte nach dem Handy und merkte zu spät, dass es dasjenige von Tiffany war. Der Geschmack von bitteren Mandeln im Brandy breitete sich in ihrem Gaumen aus.

Auf einmal verstand sie.

Tiffanys Akzent. Er war nicht exotisch. Er war schweizerisch. Julia würgte und starrte auf das SMS. Das Letzte, was sie sah, bevor sie mit dem Kopf an die lodernde Kapellbrücke schlug und vom Feuer verzehrt wurde, waren die Worte: «Geliebte Tiff, ist sie hinüber? Bitte eiligst mit dem Geld zurückreisen, Befehl von der Zentrale. Neuer Auftrag in Jordanien steht an. Heisse Küsse, Agent HB71, dein Hardy.»

Der Teufelsangler

Ich habe einen Teufelsangler. Die meisten Menschen wissen nicht, was das ist. Sie wahrscheinlich auch nicht, darum werde ich es Ihnen erklären. Schreiben Sie nur mit, Herr Kommissar, da können Sie noch was lernen. Ach, Sie sind gar kein Kommissar, sondern etwas weniger Hohes in der Hierarchie? Aber gefangenhalten dürfen Sie mich? Nun, sei's drum, ich vergebe Ihnen. Sie machen ja auch nur Ihren Job. Sie wollen die Wahrheit hören, und die kann ich Ihnen sagen. Als Erstes müssen Sie wissen, was ein Teufelsangler ist.

Das ist nämlich ein Fisch. Er lebt in den tiefsten Abgründen des Ozeans, sozusagen in der Unterwelt, wenn ich das mal so poetisch sagen darf. Mehr als tausend Meter unter dem Meeresspiegel. Ich weiss alles über ihn. Er ist wunderschön. Das heisst, er ist grottenhässlich, bizarr und unförmig. Aber genau das finde ich so attraktiv an ihm. Er hat einen hervorstehenden Unterkiefer, aus dem ein langer Stachel ragt. Und ein riesiges Gebiss. Ja, eigentlich besteht er nur aus Maul und Fangzähnen, spitz wie Dolche. Jeder von ihnen könnte Ihre Adern aufschlitzen, und Sie würden innerhalb von Minuten verbluten, so scharf sind seine Zähne.

Auf seiner Stirn prangt ein Laternchen, das im Dunkeln leuchtet. Doch, doch, das ist wahr, schauen Sie mich nicht so an. Man nennt es biolumineszierende Angel. Oder Köder, was es besser trifft. Das Schimmern in dieser Untiefe zieht seine Beute magisch an. Kleine, unschuldige Fischchen, neugierig und unbedarft, schwimmen ahnungslos auf das Lichtlein zu, wedeln mit ihren süssen Flösschen, klimpern mit ihren lieblichen Äuglein … nein, Herr Kommissar, das müssen Sie jetzt nicht notieren, das ist metaphorisch gemeint. Ich wollte nur sagen, die Beutetiere erwarten nichts Böses, und – schwupp, landen sie im Schlund des Teufelsanglers.

So ist das im Tierreich. Und nicht nur im Tierreich. Aber darauf komme ich später zurück. Wir haben ja Zeit, sagten Sie mir. Alle Zeit der Welt, nicht wahr?

Das Ungewöhnlichste am Teufelsangler ist der Unterschied zwischen den Geschlechtern: Das Weibchen ist riesig und furchteinflössend, das Männchen ist hundertmal kleiner, nicht einmal zentimetergross, so dass die Forscher es jahrzehntelang für den Laich gehalten haben. Es wird Sexualparasit genannt. Jetzt bitte mitschreiben, Herr Kommissar, das ist wichtig: Das Männchen wird Parasit genannt!

Ich soll zum springenden Punkt kommen? Geduld, Geduld.

Meine Nichte hat mir also diesen ausgestopften Teufelsangler von ihrer Pazifikreise mitgebracht, ein paar Jahre ist's her. Gern hätte ich einen lebendigen bekommen, nachdem ich so viel Gutes über dieses Tier erfahren hatte, doch leider ist es unmöglich, Tiefseefische in Aquarien zu halten. Der Druckunterschied, Sie verstehen. Der Fisch würde bei unseren Bedingungen womöglich platzen. Ich habe das Prachtexemplar auf meine Stubenkommode gestellt, zuoberst, damit er einen guten Blick über alles hätte. Das heisst, sie. Denn natürlich ist es ein Weibchen. Eine Teufelsanglerin.

Ich staube sie täglich liebevoll ab und unterhalte mich mit ihr, wobei wir immer einer Meinung sind, ganz besonders, was das Parasitenthema angeht. Ich wohne allein, müssen Sie wissen. Da freut man sich über eine treue Freundin, mit der man alles teilen kann. Seit Jahren schon lebe ich ohne Partner. Seit mein Fridolin sanft entschlafen ist, wie es so schön in der Todesanzeige hiess. Ganz so sanft war es allerdings nicht. Aber darüber können wir ein anderes Mal reden.

Jedenfalls reicht das Geld heutzutage ja nirgendwo mehr hin, also habe ich mich vor einer Weile genötigt gesehen, Untermieter aufzunehmen. Erst waren das nette Studentinnen, mit denen ich nie Probleme hatte, später eine alleinerziehende Mutter, die mit ihrem Baby im kleinen Gästezimmer wohnte, darauf ein pensionierter Professor. Und da fingen die Schwierigkeiten an.

Meine Freundin, die Teufelsanglerin, warnte mich von Anfang an. «Meine Liebe», sagte sie zu mir und lächelte mit ihren messerscharfen Zähnen von der Stubenkommode herunter, «mein Liebe, nimm dich in acht. Du weisst, was passiert, wenn Männchen zu viel Raum einnehmen. Das Verhältnis sollte eins zu hundert sein, wie bei unsereins. Bei dir ist es eins zu eins. Das ist nicht gut, gar nicht gut. Du hast es bei Fridolin gesehen.»

Ich musste ihr Recht geben, doch zu jener Zeit fand ich einfach keine weiblichen Untermieter. Der Professor blieb dann nicht lange. Ich entdeckte ihn eines Tages mit aufgeschlitzten Adern im Bett. An den Zähnen meines Teufelsanglers klebte vertrocknetes Blut. Wahrscheinlich ein Fall von Selbstverletzung während des Schlafwandelns. Man weiss ja, wie zerstreut diese Professoren sind. Ich suchte wieder eine Studentin, konnte jedoch nur einen ausgedienten Militärleutnant auftreiben, der bald darauf ganz ähnlich tragisch ums Leben kam. Beide wurden nicht vermisst, das merkte ich sehr schnell. Es waren unsympathische Genossen ohne Familienanhang. Wie damals mein Fridolin. Nun liegen sie beieinander, die drei. Wie all die andern. Doch es wird langsam eng im Keller. Und es riecht auch nicht mehr gut.

Gestern nun ist der neue Untermieter eingezogen, der, wie ich ja erfahren habe, ein verdeckter Ermittler ist. Um ein Haar hätte es ebenfalls ein schlechtes Ende mit ihm genommen, ich fand mich mitten in der Nacht plötzlich neben seinem Bett, mit meiner Fischfreundin, die bereits ihre Zähne in sein Fleisch gerammt hatte. Dann hat er mich verhaftet, darum bin ich jetzt hier, Herr Kommissar. Ach, Sie sind gar kein Kommissar? Tragen Sie deshalb einen weissen Kittel? Und was meinen Sie mit medikamentöser Abklärung? Sie tun doch meiner geliebten Freundin nichts an, oder? Sie ist alles, was ich habe.

He! Was machen Sie da? Geben Sie sie mir wieder zurück! Ich warne Sie, was soll das! Lassen Sie meinen Teufelsangler los! Das werden Sie bitter bereuen! Hoppla … Tut mir leid. Ich glaube, es hat Ihre Ader getroffen. Das Blut, all das Blut … Sie sehen blass aus, Herr Kommiss … Herr Doktor. Ich sagte Ihnen doch, die Zähne sind scharf wie Rasierklingen.

Erstes Häppchen

«Liebling, bist du noch wach?», fragte sie und tastete im Dämmerlicht die andere Betthälfte ab. Er lag still und starr da. Gott sei Dank. Die Satansröhrlinge im Süppchen hatten gewirkt. Plötzlich bekam sie Magenkrämpfe. Im gleichen Moment öffnete er die Augen und grinste sie an.

Zweites Häppchen

Als der Mann im weissen Schutzanzug ihr die Spritze in den Hals rammte, flippte sie aus. Sie biss ihn, sprang aus dem Käfig und lief Richtung Stadtzentrum. Versuchsratte Nummer TC55, in ihrem Blut das Ebola-Virus.

Drittes Häppchen

«Erst ich.»

Klick.

«Dann du.»

Klick.

«Nun wieder ich.»

Klick.

«Ha! Diesmal erwischt's dich!»

Klick. Klick. Klick.

«Verdammt. Ich hasse dieses Russische Rou – »

Peng.

Viertes Häppchen

«Doktor, ist es gefährlich?»

«Lassen Sie mich mal sehen. Kommen Sie näher. Noch näher. So ist es gut.»

«Was tun Sie da, Doktor Jekyll!»

«Ach, vergessen wir doch den Doktor. Nennen Sie mich einfach Hyde.»

Fünftes Häppchen

Eine ältere Dame betrat eine Apotheke und fragte den Apotheker: «Haben Sie Rattengift?»

«Natürlich», gab dieser freundlich zurück. «Für wie viele Personen darf's denn sein?»

Letztes Häppchen

Als er zu sich kam, fror er. Er lag auf einer harten Unterlage. Es war dunkel und eng. Er rief um Hilfe. Erst dann bemerkte er die Schnur mit dem Kartonschildchen um seinen rechten, grossen Zeh.

Mörderische Geschichten von Mitra Devi:

Die Bienenzüchterin	168 Seiten	978-3-85882-505-6
Giftige Genossen	208 Seiten	978-3-85882-519-3
Der Teufelsangler	160 Seiten	978-9-85882-684-8
Mörderische Geschichten CD		978-3-85882-531-5

Die Nora-Tabani-Krimireihe von Mitra Devi:

Stumme Schuld	224 Seiten	978-3-85882-504-9
Filmriss	280 Seiten	978-3-85882-500-1
Seelensplitter	272 Seiten	978-3-85882-518-6
Das Kainszeichen	336 Seiten	978-3-85882-564-3
Der Blutsfeind	288 Seiten	978-3-85882-636-7